中/篇/评/书

英雄列车

武宗亮　著

中国铁道出版社有限公司
CHINA RAILWAY PUBLISHING HOUSE CO., LTD.
北　京

图书在版编目（CIP）数据

3005英雄列车 / 武宗亮著 . —北京：中国铁道出版社有限公司，2024.6

ISBN 978-7-113-31246-6

Ⅰ.①3… Ⅱ.①武… Ⅲ.①北方评书-中国-当代
Ⅳ.①I239.8

中国国家版本馆CIP数据核字（2024）第099913号

书　　名：3005英雄列车
3005 YINGXIONG LIECHE
作　　者：武宗亮

责任编辑：荆　波　　**编辑部电话**：（010）51873026
封面设计：崔丽芳
责任校对：刘　畅
责任印制：赵星辰

出版发行：中国铁道出版社有限公司（100054，北京市西城区右安门西街8号）
网　　址：http://www.tdpress.com
印　　刷：北京盛通印刷股份有限公司
版　　次：2024年6月第1版　2024年6月第1次印刷
开　　本：880 mm×1 230 mm 1/32　**印张**：5　**字数**：92千
书　　号：ISBN 978-7-113-31246-6
定　　价：78.00元

谨以此书，向3005次英雄列车致敬！

目 录

第一回

敌机虐长空偷袭军列
飞车赴冰城秘密受命

1948 年 9 月，在东北辽宁省彰武到锦州的北宁线上，一列火车向前飞驰！

穿崇山过峻岭，眼前出现一座长桥。车刚上桥，天上来了一架飞机，这是一架美制 B–24 轰炸机。这架轰炸机在列车上空停留了三秒钟，突然，机身下挂弹架的两支挂钩，“啪啪”，左右一分，一枚钢质外壳内填高爆炸药的大号榴弹“呜”地从空而降。

榴弹不偏不斜正落到车头的煤水车顶上，车身猛地一震，机车室里瞬间冒起一团火光。火光里夹杂着一股蓝色的烟雾，“刷”，直冲棚顶，跟着“咣”一声巨响，“咔嚓”——车壁断了；“嘎巴”——车窗裂了；“哗啦”——座椅碎了；“嗖”——连锅炉都飞了！

紧接着，从第二节车厢开始往后，爆炸声此起彼伏，不到半分钟，二十四节车厢被炸得面目全非，就剩下底盘了！列车上所有的铁路工人无一生还，路基上、草丛里，横躺竖卧十几具尸体，熊熊大火蔽日遮天。

有人问了，天上这架飞机和地上这列火车到底有多大仇恨，至于赶尽杀绝呢？原来此刻，在中国东北大地上，辽沈战役已经正式拉开了帷幕，硝烟四起，烽火连天。东北野战军与国民党军展开了一场殊死的争夺大战。

锦州地处辽西，是联结东北和华北的战略要地，打下锦州，就成了解放全东北的关键。东北野战军根据毛泽东主席“攻锦打援”的作战方针，调主力部队从长春、四平地区南下，越过沈阳直插北宁线！

1948 年 9 月 12 日，解放军攻克昌黎，打响了辽沈战役的第一枪！这一枪可不得了，把长春、沈阳、锦州三个孤立地区的国民党军队给吓得坐卧不宁。他们听说了，解放军已经完成了大兵团调动，灭顶之灾即将来临了！

为了扭转形式，国民党总裁蒋介石坐飞机离开南京亲赴前线，坐镇指挥，他一方面调动关内部队和沈阳主力增援葫芦岛；另一方面，发挥空中优势疯狂轰炸铁路，妄图切断我军的后方供给。

这下可困难了，打仗打的就是后勤。有道是千里大决战，运输是关键！长久的作战拼到最后，其实拼的就是后勤能力，谁的后勤系统更加完善，谁坚持的时间长，谁就是最后的胜利者。古代作战也一样，您听咱们很多的传统评书，只要是打仗，人马未动粮草先行，前方作战，后方得派大将押运粮草！那么眼下，不单单是粮草，还有弹药军火！

刚才说的那列火车，就是去往锦州前线运送弹药的军火列车，在途中被国民党的飞机炸毁了。

在当时，我军的东北航校已经训练出了一大批飞行员。他们听说国民党的飞机肆意妄为狂轰滥炸，跃跃欲试，准备打一场空中大战！

怎奈，当时我们的装备远远比不上敌人，手巧不如家什妙啊！

用炮轰不行吗？可以！只是当时东北野战军里仅有的

几个高炮团，要么在集中训练，要么在前方主战场，根本无力承担后方要地的防空任务，顾不过来呀！

基于这两点原因，国民党的飞机毫无顾忌。他们昼夜出动，把齐平线和大郑线上的几个重要位置全给炸了，并先后炸毁 8 列开往前线的军火列车。

没有军火，这仗还怎么打呀？当时，解放军的军工基地和主要军火仓库都在黑龙江、吉林一带。想把大批军火运送到前线，就必须借助运载量大、运输效率高的铁路。鉴于之前有 8 列军火列车被炸的惨痛教训，东北野战军后方司令部和东北铁路总局重新制订了一套更为周详的防谍保密和沿线护卫方案。同时，千方百计，想尽办法，要物色一名能胜任这项任务的特殊人选。

怎么说是特殊人选呢？

因为那个时候，铁路运输主要靠调度台指挥，铁路运输采用的是人工闭塞行车法，全凭着路签、路牌，列车一旦进入区间后，那就完全得看司机长是如何能根据实际情况驾驭列车了。

所谓特殊人选，指的就是这名司机长。这名司机长必须有过硬的业务素质，有灵活的应变能力，同时，还要有坚定的政治信仰和过硬的心理素质。四个条件，缺一不可！只有找到这样的人，才能够突破敌机的重重封锁。

可说得简单，特殊人选，去哪儿找啊？战火纷飞的年代，想找出个人才，不亚于钻冰取火、压沙求油啊！

哎，适逢凑巧，偏在这个时候，来了一位伯乐，这个人就是曾经深得少帅张学良赏识，后起义投身革命，任齐齐哈尔护路军的司令员——郭维城。郭维城向东北野战军推荐了一名非常合适的人选。

十天以后，也就是9月25号，晚上22点30分，在松花江畔哈尔滨南岗区车站街（红军街）85号大和旅馆门前，驶来一辆黑色军用吉普车。车走水泥路，“咔”的一声，停住了！

车的后门开了，从里面探身形走出一个人，年纪在三十上下，中等身材，面色红润，两道浓眉，一双大眼，头上戴着黑呢子礼帽，身上是天蓝色夹袍，青中衣，脚下一双礼服呢便鞋，皮底皮口。

从这个人的风度和他的一举一动上，怎么看，怎么像个做买卖的商人。就看他下了车，就像遛弯儿一样，信步来到大和旅馆门前，用手一撩长袍的底摆，抬腿要进，就在这一瞬间，他这两只眼睛，迅速地朝周围扫了一下，这个眼神，透出来两个字：机警！

这可不是商人的眼神啊！哪个做买卖的这么看人呢？

孟子曾经说："存乎人者，莫良于眸子。"我们今天人也常说，眼睛是心灵的窗户。如果说，没有过枪林弹雨的实战，绝不会有这种眼神！

他是谁呢？

这个人，就是时任齐齐哈尔铁路管理局昂昂溪机务段的司机长，1950 年第一届全国劳模大会上被政务院（1950 年时中央人民政府的名字是政务院）授予全国劳动模范称号的铁路工人——范永。今天晚上，范永是奉命化装而来，到这儿来见谁，具体什么事，他自己一点儿也不知道。

范永抬头看了看大和旅馆，新派风格建筑，门面仿造沙皇行宫圣彼得堡"冬季花园"的装饰，有两处飞鹰浮雕栩栩如生。

早先，这儿是俄国领事馆，后来，日本人侵占东北，俄国领事馆改名为"哈尔滨大和旅馆"。1945 年，日本战败投降，东北光复。1946 年，解放军占领哈尔滨，东北铁路总局在此成立。

由工作人员带领，范永登楼梯来到208房间。他整理了一下衣襟，然后抬手敲了两下门，只听里面传出低低的声音：“进来。”

“刷”地门开了！随着往里走，范永闪目一看，屋里迎面是一张茶几，茶几后有一排沙发，沙发上坐着四个人，全都穿着军装，看年纪都是四十多岁。

这时，走过一位机要秘书：“你好，范永同志，我来向你介绍一下。

这位，是东北军区副政委陈云。

这位，是东北野战军政委罗荣桓。

这位，是东北军区副司令员、东北铁路总局局长兼政治委员吕正操。

这位，是东北野战军第七纵队司令员邓华。”

范永一听，我的天哪，这都是传说中的人物！今天，见着庐山真貌了！

他看着眼前的四位首长，心情异常激动，急忙两步上前，“啪”，敬一个军礼！

军礼行得很标准。

四位首长点了点头，吕正操用手指了指边上：“范永，快坐！”

这儿有个空座位，已经是虚席以待。

范永坐下了，机要秘书端过来一杯水。他没敢喝，挺直腰板儿目视前方。

吕正操笑了：“不要紧张！今天找你来，是因为有人举荐。你认识郭维城吗？”

范永一听：“报告首长，我认识。解放军刚进东北那会儿，我曾经驾驶机车送郭司令去北安取过枪，打过土匪。”

“这就对了！你是党员吗？”

“是，1947 年 4 月入党。”

“嗯。”

吕正操点点头，他和陈云、罗荣桓、邓华简单交流了一下，然后向范永介绍了当前的形势。

吕正操告诉范永，目下，解放军已经围困了锦州城，大战在即，急需军火，敌人的飞机对铁路运输线的封锁异常严密。9 月 19 日以后，敌机昼夜出动，轮番轰炸。有 8 列军火列车接连被炸，前方军火供给中断了。

说到这儿，吕正操显得十分沉重，他稍稍停顿了一下：

“范永同志，此时此刻，攻打锦州的战斗异常激烈，前方急待军火补充。由于我们已经十几天没通车了，敌人对铁路的注意力开始减弱，现在，他们开始转向对公路的封锁。如果趁此机会用铁路再突击抢运一次，估计成功的可能性会很大。所以，现在，东北军区总部和东北铁路总局要向你部署一项重大而又秘密的任务！”

范永一听，“腾”地一下站起来了：“请首长指示！”

“命令昂昂溪机务段，趁前方大轰炸后的暂时平静，把一列军火抢运到锦州前线！”

军令如山啊！首长的话，铿锵有力，掷地有声，范永把每个字都牢牢地记在心里。此时，他浑身上下已经热血沸腾，激动的心情，难以抑制。

吕正操站起来用手拍了拍范永的肩膀：“这项任务非常艰巨，准备时间只有三天。”

“三天？”

“是啊！”

罗荣桓站起来，走到范永的面前，用手推了推眼镜，上下打量打量，“范永同志，这一趟秘密军火列车意义重大，它关系到前方几十万东北野战军的命运。你放心，为了配合这次军事行动，前方已经准备打几个大胜仗来吸引敌人的注意力，沿途上也会有部队来掩护。根据我们掌握的情报，国民党辽西兵团司令廖耀湘已经从沈阳出兵，准备攻打黑山和彰武，为的是增援锦州。他们的行军速度很快，不用很久，便能再次切断咱们的铁路运输线。因此，要求你们抓紧时机尽快把军列运到前线。”

邓华在一旁补充：“这趟列车如果开不上去，我们的胜利就要推迟，我们的兵力就要重新部署。所以，你们必须成功。”

范永“啪”一个立正：“保证完成任务！”

陈云半天没说话，他绕过茶几来到范永面前，正颜厉色地叮嘱范永对此事要严格保密！国民党军已经派出了大批的特务潜伏在解放区的铁路部门收集情况，之前8列军火列车被炸，就是因为有人泄露了情报。所以，这次行动不要对任何无关的人讲起。

陈云的话，太重要了。要知道，辽沈战役是一次中国人民解放军同国民党军队进行的战略决战。鲜为人知的是决战辉煌的背后，是卓越的保密工作。在整个筹划和实施过程中，军队保密部门紧密配合，采取多种措施，严格保守了战略意图和军事行动秘密，这才保障了中央军委作战方针的圆满实现。其中，也包括这次大和旅馆秘密授命。

几位首长千叮咛万嘱咐，范永一一记下，他是不住地点头。

吕正操看了看时间，“事不宜迟，你立刻行动吧。范永同志，祝你们旗开得胜，马到成功！”

说着话，吕正操握住了范永的手。

范永在瞬间感觉到，手上有巨大的动力和微微的颤抖。

他明白，这是首长的重托，是党的重托，也是四万万中国人民的重托呀！

时间紧，任务急，没时间再说别的了，范永向四位首长告别，出旅馆上吉普车就来到了哈尔滨车站。

敢情车站这儿，为等范永，已经停好了轻油车。

轻油车是一种小型的内燃机车，跟一节客车车厢差不多大，自带动力，食宿设备齐全。只要是轻油车上路，铁路线上一切车辆都得让行。范永这次是执行特殊任务，为了安全和及时，所以给他安排了轻油车。

登上轻油车，在回来的路上，范永望着路两旁的倒影，他的心情难以平复，脑子是飞快地旋转，而且，还不停地萦绕两个字，就是陈云同志叮嘱他的“保密”！

这次任务，必须保证万无一失。在行动之前，保密工作尤为重要。

范永知道，辽沈战役即将打响的时候，铁路沿线就已经实行了严格的军事管制和邮电检查，停止了所有铁路的客运售票，强化户口管理，不给敌特活动的空间。

应该说，正是有了严格的保密措施，才保障了东北野战军顺利南下，也导致了那位蒋委员长对东北野战军的动向判断不清，对于东北国民党军是战是守犹豫不定，最终陷于全局被动。

敌中有我、我中有敌。一旦不慎泄露了情报，那将会贻误战机！哎呀，这件事情，我要等到回去后，好好跟洛刚同志商量商量。

洛刚同志是昂昂溪地区铁路办事处党总支书记兼军代表，这个人做事稳重，性格豪爽，而且，他有个最大的特点，就是能够知人善任。只要是遇到难题，范永就会找洛刚商量，俩人是很好的朋友。

心里头有事，范永也就稍稍打了个盹。第二天一早，轻油车就回到了昂昂溪车站。

昂昂溪，在松嫩平原的西部，嫩江从此穿行而过，所以，这地方的沼泽是星罗棋布，水阔鱼肥，地理环境优越，“昂昂溪”这三个字是蒙古语，意思是“狩猎场”。

车到昂昂溪站，已经是上午九点多钟了，范永下车回机务段，不过几百米的距离，走着一会儿就到了。换好衣服来到会议室，推开门一看，敢情这儿已经有两个人在等他了。

一位是洛刚，另一位是昂昂溪机务段段长野绍富。

“范永，回来了。”

“回来了。”

洛刚上前一步，压低了声音：“上级已经接到了运送军火的命令，任务也下达到段里了。”

“哦？这么快？”

野段长问了一句：“怎么样？累不累？”

“嗨！”范永一听，“这有啥累的！轻油车接来送去，别提多美了！”

“哈哈哈！”三位全笑了。

“到底是年轻人，精力充沛！既然不累，那咱们三个开个会，研究一下？”

“好啊！”

三个人各自拉了把椅子，坐下来准备开会。刚坐好，就听见外边人声喧闹，吵吵嚷嚷，大门口打起来了。

第二回

筹建包乘组挑选精兵
召开党员会传达命令

范永回到了昂昂溪机务段，把上级命令进行了传达。

其实，在他回来之前，齐齐哈尔铁路局已经召开了紧急会议，军代表洛刚和段长野绍富一宿没睡，一直在会议室里等着范永。

三个人见面落座已毕，准备开会研究一下。刚坐下，大门口打起来了。

可把范永吓坏了，这是什么时候？自己刚刚接受了秘密任务，就有人来闹事？难道是自己暴露了行踪，去大和旅馆被人发现了？有人来机务段里刺探军情？谁呀？

他侧耳一听，嚷嚷的声音还挺大，仔细一品，嗯？这声音，听着耳熟啊！

范永站起身来走到玻璃窗前往大门口一看，嗨，紧张情绪马上就没了。大门口站着的，正是自己的老娘。

“二位稍等一会儿啊。”

拉门他出来了，跑到门口：“妈！”

老太太一看，是儿子：“哎呀，孩子，你昨晚儿去哪儿了？把我急坏了。”

敢情范永头天去哈尔滨，是临时接到的任务，洛刚告诉他，跟谁也别讲。化了装，他就走了。

他是走了，家里不知道啊，老太太做好了饭等儿子回来，左等不来，右等不见，到段里打听，看大门的叫孙勇，是范永远房的一个表弟，论着，管老太太叫大姑。

“大姑，您咋来了？”

“你表哥呢？”

孙勇一听，“表哥？他……可能……也许……大概其……我也不知道。”

老太太这气，这孩子平时说话挺利索，现在咋还结巴上了？许是他不知道，明天一早我再来问问。

第二天早上来了一问，孙勇还是说不知道，

其实他知道范永回来了，有心告诉老太太，可一想，不行，范永正开会呢，段长吩咐，这得保密。

他一紧张："大姑，我表哥还没回来呢！"

"啊？"

老太太一听就急了："还没回来？不行，我得找段长去，问问到底咋回事，丢个大活人，他不知道吗？"

说着就往里闯，孙勇张开两手就拦，这要是别人，老太太还能客气点儿，孙勇是亲戚呀，也就顾不了那么多了。一着急，老太太嚷嚷起来了。

正嚷嚷着呢，范永出来了："妈！"

哎哟，老太太一看是儿子，心里踏实了："孩子，你昨儿晚上去哪儿了？"

"妈，哈尔滨那边有台机车坏了，临时找不到人修，就让我去了。"

"哦，那怎么没人知道啊？"

"我走得急，谁也没告诉。您放心吧，没事。"

老太太乐了，"没事儿就好，那我这就回去做饭。"

"您慢着点儿。"

说着话，范永伸手扶着老太太往回走了几步。

范永是大孝子啊，父亲死得早，家里就是他们母子二人相依为命，他最怕母亲为自己着急。

“行了，你回去吧，别耽误正事，想着下班就回家。”

“哎！”

范永嘴里答应着，心里在想，这一次出乘运军火，吉凶难料，能不能回家，还很难说呀！

看着老娘走远了，范永问孙勇：“昨天晚上到现在，段里没来过生人吧？”

孙勇一听，“表哥，您放心吧，咱在这儿把门，是太公在此，诸神退位，那生人哪，一个也别想进来！”

“嗯，干得不错，你辛苦吧！”

范永重新回到会议室，跟洛刚和野段长商量一番，定下计划，准备组建秘密军火列车乘务组。

这个计划分两部分，一是车，二是人。

首先，得选机车。

这老话说得好，火车跑得快，全凭车头带，机车就是火车头。野段长和范永商量，这次往前线运送军火，必须选质量好、马力大的机车，选哪台呢？

两个人说着，可就来到了机车整备线，放眼一望，这儿停着八台机车。

野绍富用手点指：“这台？这台？还是这台？”

范永笑了：“段长，别选了，要我说，就选我开的那台 1195 号吧！”

“1195？”

两个人说着话，可就来到了 1195 号机车跟前，抬眼一看，这台机车，真漂亮啊！高大的车身，雄伟挺拔。最前边黑色的车钩锃明瓦亮，耀眼夺目。大烟筒张口吞天能喷云吐雾，后有过热箱、回动机、燃烧室、煤水车，一对导轮分为左右做开路先锋，后有摇杆十字头连接四对红色动轮是格外醒目！

野绍富点了点头，他知道，这台 1195 号机车正在整备，质量和性能也不错，机车的热力状态也较好，省水、省煤，平时给油、擦车，保养得很好。最重要的是这台机车和范永有一段特殊的感情。

那还是在 1945 年，中国人民取得了抗日战争的胜利，后来为了支援解放战争，昂昂溪机务段接受了运送物资的任务。但是，当时东北的铁路已经被毁得面目全非。日本鬼子在溃退时，向魔鬼一样地炸铁轨，大肆破坏我们的铁路设备。为此，东北解放区成立了东北铁路局，统一管理全区约 5000 公里的铁路线，并先后组建了铁道团、铁道纵队，同铁路工人一起抢修了大量铁路，一条条废弃的铁轨又重新投入了使用。

铁轨是修好了，新的问题又来了，机车不够了。当初，日本人把机车都给毁掉了，重造机车，时间不允许呀!

就在那个时候，范永提出来，机车虽然被毁，那些零部件一定会散落到铁道旁，如果沿路寻找，一定会有新的发现。

主意打定，范永带着人开始沿着铁路寻找。走过一根根枕木，数过一颗颗道钉，翻砂倒土，仔细搜寻，终于，他们在途中找到了一台废弃的机车。

当初日本人投降时，将这台机车开到了铁路隐藏线里，进行了破坏。后来附近的山头受到炮击，机车被泥土埋住了，只露出了一个角。就是这个角，被范永发现了。他和同事们费了三毛七孔心、九牛二虎力，把这台机车从土里挖出来了。擦拭之后发现，机车的风泵、水泵、发电机，包括锅炉的炉门全没有了，只剩下一个空架子。

尽管如此，范永也是很兴奋，他和同事们把这台机车拖回了昂昂溪机务段，工人们献计献策，全体参战，寻配件、找材料、写方案、画图纸，修旧利废，变废为宝，昂昂溪机务段展开了一场轰轰烈烈的“死机复活”运动，经过了30多个昼夜的奋战，终于，这台废弃的机车得到了重生！

齐齐哈尔铁路局给这台机车命名为“1195号”，看着被自己亲自运回来的废弃机车重新投入了使用，范永感到了无比的欣慰。

那个时候，也就是从1946年到1948年，哈尔滨、齐齐哈尔、牡丹江这三个铁路局，先后通过开展“死机复活”运动，共修复机车183台，有力地支援了解放战争。其中，就有那台举世闻名的“毛泽东号”，也包括昂昂溪机务段里的这台“1195号”。

范永请求野绍富：“段长，这台车我用着顺手，制动下闸、加速牵引，我都心里有数，就用它吧。”

“好！”

野绍富当即点头，就用这台解放型1195号机车承担此次牵引任务！

这台曾经立下赫赫战功的“钢铁战士”1195号，如今，就停放在重庆蒸汽机车博物馆，那是功臣哪！

野段长下令，命令工人自卫队把这台机车看护起来，不准闲杂人等接近。

机车就算是选好了，那么车厢呢？车厢可不在这儿，在哈尔滨，一列军火，正在秘密装车。

车安排好了，接下来，就是人员安排了。

野绍富找来了人事股长穆成彬，加上车辆段和列车段的两位领导，连同范永一共五个人，研究了一下，要想完成这次特殊任务，平常人等可不行，非得是业务过硬、政治可靠、历史清楚、以一顶十的精兵良将不可！他们来到人事部门，昂昂溪铁路地区的人事档案摞起来有二尺厚，一篇一篇地翻，一页一页地找，根据每个人平时的表现和群众的反映，什么值班员、调度员、检车员、乘务员，这么说吧，机、车、工、电、辆，所有部门的人员，都找了个遍，最后，定下了一份包乘组人员名单。

名单拟好了，交给军代表洛刚审核。

洛刚接过名单一看，笑了：“行啊，能手云集，全梁上坝，看来这次准能打胜仗！哎，野段长，这些人什么时候能到位？”

“已经秘密通知到每个人了，预计明天下午全到。”

“嗯……”

洛刚想了想，“他们来了之后，先别声张，不要让外人有所察觉。”

范永一听：“这样吧，先去我家吧，我一会儿回家跟老太太说一声。”

“可以，通知他们，明天晚上十点，准时开会！”

“是！”

到了第二天，也就是 9 月 27 日晚十点整，昂昂溪分局党总支会议室内灯火通明，到会人员共有 17 人。除洛刚和范永外，有赵同济、徐成忠、穆成斌、于金龙、邹天余、刘国栋、佟德林、姬亚卿、马清海、李财、张尚友、王希春、王玉阁、周宪斌、段贵荣。

有人问，野绍富呢?

这位野段长啊，今天晚上临时看大门，他和孙勇一起，负责外围保障，因为这次会议是秘密进行的，所以他没有参会。

到会这些人里，除了周宪斌，其他 15 人有一个共同身份，他们都是中国共产党党员。

会议室里气氛严肃，墙上已经挂好了党旗。

洛刚看了看，人都来齐了："同志们，今天这个会议，是一次紧急会议，也是一次秘密会议！"

大伙儿一听，全都把耳朵支棱起来了！

"全歼东北之敌，解放全东北的大仗已经在锦州打响，解放军在前线打得热火朝天，捷报频传。可是，由于敌人飞机轰炸扫射，中断了我们的后方给养运输线。现在，蒋介石正在四周调兵遣将，准备增援，我军前方急需军火供应。东北铁路总局命令我们抢运弹药。党总支决定，抽调你们 16 人组成特殊包乘组，由范永担任司机长。同时，成立临时党支部，由穆成斌担任党支部书记，领导大家完成这次任务！"

大伙儿一听，全明白了。每个人都很兴奋，能为解放东北贡献出一份力量，这是多么光荣的事啊！

这时候，洛刚站起身来，用眼睛把每个人扫视一遍："首长要求，这次任务，是我们党的秘密，大家必须守口如瓶，不能对外说出一个字，包括自己最亲近的人！"

所有人点头示意。

接着，洛刚宣布了地区党组织的决定：除穆成斌以外，

15 名乘务员分成三个小组，每组五人，这五个人分别是一名司机、一名副司机，一名司炉、一名运转车长和一名检车员。同时，东北野战军总部派下一名连长带领一个加强班的战士押运护送；列车车次定为 3005 次，列车的编组、运行由路局直接调度。

说到这儿，有熟悉铁路的朋友都应该清楚了，这实际上是为一趟列车配备了三套完整的“人马”。为什么要配备三套人马呢？您要知道，这次可不是普通的出乘，是要在敌人眼皮子底下把军火运到前线，如果有伤亡，马上就得顶上去！再有，这次出乘会非常辛苦，所以得轮班休息。

宣布完了之后，洛刚看了一眼穆成斌：“成斌，接下来，就由你来主持召开 3005 包乘组第一次党支部会议吧！”

“好！”

穆成斌站起来了！

穆成斌，长得大高个儿，四方脸，他曾经在齐齐哈尔铁路局第二届群英大会上当选四等劳动英雄，经验丰富！这个人很严肃：“同志们，组织上把我们这些党员从各段抽调出来，组成一个特殊的包乘组。这表明，要不惜一切代价保证这次的乘务，千斤重担啊！”

停了一会儿，穆成斌接着说：“现在前方的指战员盼望我们给他们送去武器弹药，我们要有决心，也要有办法，才能保证任务顺利完成。咱们得把路上可能遇到的困难全都想到。我们制定了一套行动预案，根据路上的实际情况再做调整。”

大家伙儿异口同声：“好！”

穆成斌很高兴：“同志们，现在已经有了初步的计划，咱们既然接到了这个光荣的任务，就一定要完成好！现在，我带领大家，向党旗宣誓！”

话音未落，“刷”地一下，15 名包乘组成员全都站起来，以范永为首走到了党旗前。

周宪斌来到穆成斌面前：“书记，我？”

“宪斌，你现在还不是党员，按规定不能宣誓。”

周宪斌有点着急：“书记，我虽然不是党员，可我是团员，这次出乘，我一定努力表现，争取入党！我想和党员们一同参加宣誓，请您批准！”

“这……”

穆成斌想了想，又和洛刚商量一番，说道：“好吧，批准你参加宣誓。”

“哎！”

把周宪斌激动坏了，他一撤身，站在了队伍的最后。

穆成斌带领大家举起右手，臂与肩平，握紧拳头，面对党旗，庄严宣誓：“人在车就在，不管遇到什么困难，一定要把军列开上去！宁可牺牲自己，确保军列安全。”

当天夜里十一点半，会议结束。

散会以后，机务段的几名同志跟随范永连夜整备机车，校好机油，上水上煤。那水上得满满的，煤全是精煤，大大小小匀溜块儿，煤沫子一点儿不要！

紧跟着，准备各种工具、各种油脂、各种补充材料，备足了机具、配件。

就在包乘组紧张进行出乘准备工作的同时，3005 次秘密军火列车，已经行驶在哈尔滨开往昂昂溪的途中了！

列车编组 32 辆，尾部是一辆守车，那是专为运转车长值乘编挂的，31 辆棚车，列车中部的一辆棚车，作为乘务组和押运人员休息的宿营车，其余 30 辆全部装满军火，8 车炸药、22 车榴弹炮弹，共计 1700 吨！

车厢进行了混合编组。所以，装车的人都不知道车厢里装的到底是什么，这是高度机密。

为了防止敌人在暗中监控，这列军火列车从哈尔滨火车站出发后，先到安达站，开出去大约三个小时，到拉林站以后，转线掉头，北上昂昂溪，等于兜了一个圈。

这叫真真假假、虚虚实实！

等列车到了昂昂溪站，还要进行更换机车和一应检查工作。

现在，人的工作、车的工作都准备好了。还有一件工作必须得做，什么呢，那就是这 16 名乘务人员如何跟家人交代啊！

要知道，这次出乘，使命在肩，如果途中遭遇不测，那就有去无回了！

每次出乘，家里人都知道去哪儿，这次不一样，全得编“瞎话”，大家伙儿回家以后，一边打点行囊，一边跟家里人说，有的说去出差，有的说去驻勤，还有的说去替别人值几天班。总之，没一个说实话的。上不传父母，下不报妻儿。

最难的就是范永。到家以后都快十二点了，进院子一看，屋里灯还亮着，老太太一直等着呢，看儿子回来了，“儿啊，咋这晚，饿不饿？”

“妈，我在段里都吃了，那什么，明天一早我得去趟哈尔滨。”

老太太一听：“怎么又去哈尔滨啊？不是刚从那儿回来吗？”

“嗨，您不知道，上次去修机车，少几个零件，咱们段上有，我拿过去，怎么也得把机车修好了呀。”

老太太一听，这倒是，“不过，我的儿啊，这次去，又得几天呢？”

“也就两天吧，您放心，我那边有几个朋友，总去看我，还给我带不少好吃的哪！”

“是吗？”

“可不！”

“哎，那就行，出门在外，可得照顾好自己呀，天不早了，快睡觉吧。”

“好。”

范永转身要回屋，突然，他好像想起了什么，走到母亲面前：“妈！”

“咋了？”

“这，这天，一天比一天凉了，早晚儿下地出门的，您老可一定记得加衣服。”

“知道，都穿着哪。”

“您可别舍不得吃。”

老太太一听：“哪顿我也没落下，前天下晌儿，你们野段长还送过一大碗玉米面呢，家里不缺粮。”

“那就好。您一个人在家，晚上睡觉别太实，惊醒着点。”

“放心吧，你明天晚上不回来，我就让后院儿你赵大嫂子过来跟我一块儿住。”

“行，那个……”

范永还要说，老太太乐了：“孩子，你怎么这么婆婆妈妈的？不是去两天就回来吗？家里不用惦记，你妈又不是七老八十了，用不着你嘱咐，快睡觉吧。对了，灶台上有玉米面饼子，你明天一早带上。”

说完话，老太太回自己屋了。

范永还有好多话要交代，时间太晚了，又怕母亲起疑心，“好吧，妈，您老早歇着。”

“好嘞。”

老太太嘴里答应得挺痛快，回到屋里，“刷”地一下，眼泪就流下来了。别看老太太嘴里那么说，她心里可明白。儿子是段里的司机长，干的都是大事。自打头天晚上一夜不归，到第二天家里一下来了十几位客人，老太太就猜到了，儿子有特殊任务要执行，有些话不能明说，就得跟自己撒谎。为了让儿子放心，老太太只能强作欢颜，装作不知。

中国共产党自初建之日起，保守党的秘密就是一条铁的纪律。在那个特殊的年代，这更是我们胜利的法宝。

第三回

中途遇敌机有惊无险
站内闻警报心惊胆战

范永含泪别慈母，他已经想到了，这次去往前线运送军火，那就是拼命！自己的安危可以不顾，最让他放心不下的，就是母亲。

当夜无书。到了次日拂晓，天边微微露出一点亮光，这叫鱼肚白。范永起来了，他周身上下收拾已毕，带好应用之物，来到灶台上包好了三个玉米面的大饼子。范永听母亲说了，这点儿玉米面还是段长野绍富送来的呢。全都准备好了，范永蹑足潜踪由打屋里出来，有心再看母亲一眼，时间不允许了。他把心一横，来到大门口打开街门出去后把门轻轻带上。他觉得自己悄无声息，其实，老太太扒着窗户，一直看着他呢。一直等儿子出门了，老太太在心里默默祷告："但愿这次出乘，平安无恙。"

范永一口气来到了昂昂溪机务段，到这儿一看，包乘组的同志们已经到了，押送列车的解放军战士也来了，由姚连长率领，范永快步入列和所有的同志站在一起。一边是身穿蓝色工作服、头戴大檐帽的铁路工人；另一边是身穿灰布军装、荷枪实弹的解放军战士，刀砍斧剁一般齐，英气勃勃！

就在这些人身后，钢钩天桥下停着的，正是待发的3005次军火列车！

深秋的早晨很凉，放在东北得说冷，可是每个同志的心都像火一样的热。

他们有一个共同的心愿：解放军打到哪里，火车就开到哪里，要保证前方打胜仗。

这个时候，段长野绍富和军代表洛刚来了，洛刚肩膀上还扛着个袋子。

袋子里，是他的口粮。

洛刚握着同志们的手说："粮食不多，在车上熬点粥喝吧。”

同志们握着军代表的手，看着送来的高粱米，心情十分激动。

是啊，刚刚解放的后方根据地，一切都在等待复苏，人民铁路还拿不出钱来给工人开支，每月只能发点口粮、煤和木拌子，家家户户缺吃少穿。

这次出乘，所有人带的吃的都不多，有的带几个倭瓜，有的带几个土豆，还有的跟范永一样，几个玉米面大饼子。大米白面？想都别想！就在这么艰苦的情况下，军代表把自己的口粮送来了，大家的心情怎么能够不激动呢。

两位领导拉着每一位出乘人员的手，千叮咛万嘱咐，告诉大家，要胆大沉着，机智果敢！时间不早了，上车吧。

所有人各司其职，上午六点五十分，“库——库——库——”，1195 号机车牵引 3005 次秘密军火列车，带着神圣的使命，徐徐驶出了昂昂溪车站。

刚出站，开得并不快。这和蒸汽机车的构造有关，蒸汽机车轮轨间的黏着力最大只能用到理论黏着力的 70% 左右。同时起车时为了防止打滑，避免空转，牵引力会相对减小，看起来起步速度就慢了。

开出一段距离，加上惯性的作用，车就开始加速了，“库库库库”。

按照既定的路线，他们走白城、玻璃山、郑家屯、彰武、新立屯，过昌图至西阜新，也就是从齐平线直插大郑线，一路行程将近 900 公里！

此刻，负责乘务的是一组。

上回讲了，除了党支部书记穆成斌，其他 15 名乘务员分成三个小组，每组五人，这五个人分别是一名司机、一名副司机、一名司炉、一名运转车长和一名检车员。

司机，不用说了，负责全程驾驶。

副司机，主要负责协助司机，观察动向。

司炉，负责烧锅炉，保证机车运行的水汽供应。

按照铁路术语说法，司机、副司机、司炉，统称机车乘务员。

运转车长负责列车的安全运行，他的工作位置不在机车里。在哪儿呢？在守车，就是最后一节车厢。当然，现在干线上基本上没有守车了。

还有就是检车员，检车员可以说是一列火车的幕后英雄，他要负责车辆的检查和临时故障的修理，那是名副其实的“车辆医生”！

检车员在哪儿待着呢？在宿营车。不光检车员，另外两个组的成员，还有押车的战士，都在宿营车里待命。

范永是名副其实的老司机了，车开得相当稳。

再往前走，不到四十公里，就是白城站，到那儿就该休息一下了，车得休息，人也得休息。

副司机马清海看了一眼周宪斌。周宪斌是司炉，正往锅炉里添煤呢。

小伙子今年 24 岁，身强力壮，积极性高，尤其这次跟着 15 名党员一起出乘，本身心里就有压力，总想着努力表现，看副司机正盯着自己呢，嚯，小伙子的干劲儿来了。“嗖嗖”往锅炉里添煤。

马清海一看：“哎哎，行了行了，省着点用。哈哈哈，宪斌哪，累不累？”

“不累！”

“好！冲你这劲头儿，咱们这次要能顺利完成任务，你呀，准能入党。”

“真的？”

“那可不。”

“我可是早就交了入党申请书，现在，咱也是积极分子！”

“哎，跟你说，可不许骄傲啊！”

周宪斌往前凑了一步：“老马，我觉得咱们这次挺幸运啊！”

马清海一听：“怎么讲呢？”

“你看，这一口气，可就干出三四百里，开出一天了，什么事儿也没发生。听司机长说，之前什么敌机扫射，轰炸呀，一个没有啊！”

马清海一摆手：“你拉倒吧！一个没有？你知道啥呀？咱们走出来这一段，那还是在解放军管辖地界，得过了白城子，才是国民党管辖呢！”

“啊？是吗？看来，白城子之前都是太平地界呀！”

他们俩说话，范永根本听不清，因为那个时候的机车里动静特别大，相互说话基本靠喊，不像现在，复兴号动车组有静音设施。那时候，机车里声音大着呢！驾驶室左右两侧的门窗本来就密封不严，呼呼地往里灌风！

所以，这俩人说的话，范永没听见。

虽然没听见，范永可看见了，这天上，远远的地方，有个小黑点。

这黑点越来越大！范永打开了左边的窗户，其实这个窗户基本没有关闭的时候，有时候潮气大，或者遇见弯道，瞭望条件不好的时候，司机就得探出身子往前。要不您看，好多火车司机都有风湿病，全是吹坏的。

范永现在右手紧握闸把，半个身子探出窗外，注目往远处一看，这一看非同小可，惊得范永“唰”地一下，冷汗下来了！

怎么？敢情就在远处，来了一架飞机！

范永看见了，马青海和周宪斌也看见了。

马清海一拍大腿：“可坏了，我说周宪斌，就你这张破嘴，又是扫射，又是轰炸的，你看，来了吧？”

小周心里委屈，心说，这飞机也不是我勾来的，干啥怨我呀？

“老马，你不是说白城子以前，都是解放军管辖吗？这飞机咋飞这头来了？”

“可说呢？咋飞过来的呀？司机长。”

他一看范永，范永现在太紧张了，一点儿心理准备没有。他也知道，这是解放军的辖区，应该不会出现敌机，可眼睁就来了。

怎么办？把车停下？还是加快行驶？哎呀，范永后悔了，预案做得太不充分了。

后悔也没用了！这时候，后边的人也发现了，宿营车里姚连长当即下令：“准备作战！”

一声令下，十几名解放军战士，“咵”地一下，把子弹都顶上膛了，严阵以待！

穆成斌告诉所有的乘务员：“不要慌乱。”

他们发现了，那守车里的运转车长邹天余也发现了，邹天余瞪大两眼往天上看，握紧了手里的小旗子。

这个时候，飞机是越来越近了。

还得说是范永，老司机，沉着冷静，虽然紧张，可是心一点儿没慌。

他看着周围的环境，回头告诉周宪斌：“添煤！”

“哎！”

周宪斌抄起铁锹，“嗖嗖”扔了两锹煤，范永这边拉大了汽门，这车可就快了！

为什么加快速度？因为范永看见了，就在前方大概二百米的地方，有一片小树林。

太好了，这正是隐藏的好地方！想到这儿的时候，车已经进了树林，范永回头告诉周宪斌：“停止添煤。”跟着伸手把关闭汽门，“啪”的一声，下闸停车！

汽门关闭了，可就意味着火车头不冒烟了！

天上来的确实是国民党的侦察机。

这个时候，前方战场上炮声隆隆，枪声呼啸，杀声四起，响彻云霄。眼看新立屯、辽阳、鞍山、营口、吉林、四平等城市逐个被解放军攻占，在东北的国民党军只剩下长春、沈阳、抚顺、本溪、锦州这几个孤立据点。蒋介石再三电令东北“剿总”总司令卫立煌，让他立即派兵解围。而且许下诺言：“先给你增援五个军。后勤方面，优先补给东北。”

可万万想不到，这卫立煌在沈阳城里一待，是坚守不出，不管解放军打到什么地方，不管各地守军如何告急，他就是把主力集中在沈阳附近按兵不动。

怎么回事？

原来，他们是内部矛盾“窝里斗”，卫立煌就盯着蒋介石的那句诺言呢。

五个军的兵力，在哪儿呢？这是给我开的空头支票啊！他责怪蒋介石不能兑现承诺。

其实，当时华北、华东、中原各战场频频“告急”，蒋介石根本无法出兵增援东北。

眼看卫立煌不听自己的话，蒋介石也是真急了，大骂“娘希匹”！他费尽心机在东北物色能执行他命令的将领，得找一听话的呀，还真找着了，此人名叫范汉杰。蒋介石委任范汉杰为东北“剿总”副总司令兼锦州指挥所主任，企图将东北国民党军权交给范汉杰，把卫立煌晾在一边。

这范汉杰还是真卖命，他是拼死抵抗，而且下令手下的侦察兵：“每天多出去几趟，咱们有制空权，也别管是谁的辖区，都给我监视起来，绝不能让攻打锦州的解放军得到后方供给！”

就是因为这些，才飞过来一架侦察机。

侦察机里的这个驾驶员，是个老兵油子了，他已经看出来了，锦州战场上，国民党军大势已去，再战无益。让自己侦查，也没办法啊，吃粮当差，不去不行。所以，他是带着怨气儿出来的。这个地方处于解放军辖区的边缘，飞着飞着，他就发现了，地下远处里有个快速行动的物体，而且有团团烟雾，离着远看不清楚，应该是火车。可突然间，物体不见了，烟雾也没了。怎么回事？驾驶员用手一推操纵杆，探头往下一看，哪儿哪儿都是山，是不是我看错了？再转一圈，又转了一圈，还是没发现。这可是解放军的辖区，我可别偷鸡不成蚀把米，让人家给我暗算了。低头一看表，时间差不多了，干脆，我呀，半斤小烧俩凉菜，我找地儿喝酒去吧！掉转机身，侦察机飞走了。

看着飞机越飞越远，范永长出一口气，万幸，这儿有树林；万幸，这仅仅是一架侦察机。真是有惊无险哪！

列车继续向前行驶，下午四点五十分，列车到达白城站。

人家这边已经准备好了，看车来了，一下过来好几位。有给机车换头的，有接替运转车长换乘的，有过来检车的，还有过来抄车号的，这都是铁路上的作业程序呀，敢情白城站还没接到通知呢。

范永一看，这可不行。他马上和穆成斌商量，穆成斌找到了白城站的站长，而且用电话向路局请示，路局当即批示：3005 次列车全程不换机车，人员不换乘，保证原班人马。

白城站的人，按兵不动了。

包乘组的人员加水校油，添煤检修，用了不到二十分钟，全部完活，换二组值乘，司机是徐成忠。

穆成斌嘱咐二组乘务员：“同志们，出了白城站，再往前走，就是敌机空袭的警戒区了，大家一定要小心！”

徐成忠一听：“书记，您就放心吧！”

大家在这儿一直等到日落西山，随着夜幕降临，二组的五位铁路工人分别进入自己的工作岗位，徐成忠开车，李财是司炉。

此时，范永这一组坐在宿营车里休息。

范永啊，人是坐下了，他这心里可不踏实。

大和旅馆授命之时四位领导的话，言犹在耳，告诉他不许失败，只能成功！出发前也曾做出过预案，可没想到，敌人变化多端，还是出乎了我们的意料！

毛主席曾经说过，共产党的正确而不动摇的斗争策略，决不是少数人坐在房子里能够产生的，它是要在群众的斗争过程中才能产生的。

范永想，自己身为一名共产党员，应该在考虑问题上更加全面一些，更加周到一些。如果之前想到了敌机有可能会出现在解放区，那么今天下午，就不会发生这种情况，唉，是自己太大意了！

他心里有事，两个眼睛瞪得通红。穆成斌一看，这可不行，他知道，范永作为司机长，肩头的任务重，想得自然比别人多。可是人得讲究劳逸结合，不能太过劳累了。

“范永啊，抓紧时间休息，什么都别想了。”

范永直了个腰：“成斌书记，白天虽然我们侥幸躲过了敌机，但还是暴露了，我建议，再遇见这种情况，马上隐蔽列车，关汽门停车。”

“放心吧，你太累了，赶紧休息会儿吧。”

范永点了点头，这才把眼睛闭上。

列车继续前行，这一夜，还真就很顺利。

随着车轮滚动，天一点点地亮了。范永经过一夜休息，精神也好多了，他睁开眼睛，掏出怀表一看，凌晨五点二十五分，往窗外看了看：“应该到玻璃山站了。”

果然，前方是玻璃山站，列车进站，停稳之后，就等着整备机车了。

宿营车里的乘务人员和解放军战士也都出来了，透透气，直直腰。

前边机车组的人忙着上水添煤，穆成斌对范永和姚连长说：“我昨天想了想，必须得出个预案了，万一再遇见敌机，咱们恐怕就没那么好的运气了。”

“嗯。”两个人点头，“你说得对，咱们哪……”

话刚说一半，坏了，突然间，耳边传来一阵巨大的轰鸣声响，范永喊了一声：不好，是空袭警报！”

第四回

隐蔽玻璃山抽丝剥茧
停靠郑家屯重定方案

3005 次军火列车开进了玻璃山站，刚把车停稳，空袭警报响了。

尖锐的警报声让所有的人警惕起来。现在还不到六点钟，看哪儿都很清楚，如果被敌机发现了，那将有不堪设想的后果！

穆成斌大喊一声：“赶快把车开出去！”

范永快速跑到机车前，这时候，徐成忠正站在水鹤下，手拧着大阀轮给机车上水呢。听见空袭警报，他也慌了。

范永喊了一声：“老徐，立刻停止整备，赶快把车开出去。”

“啊？”徐成忠一听，“把车开出去？不行啊！司机长，咱们一旦要出去，遇见敌机，躲都没地儿躲呀！”

“哎呀！”范永急了，“开出去后立刻伪装，如果停在这儿，连车带车站就全完了。快点开走！”

这时候，警报声音越来越大，徐成忠还是犹豫不决，范永是真急了，他一把推开徐成忠，关好上水轮阀，飞身就上了车了，立刻启动，后边的穆成斌马上告诉玻璃山站站长：“搬开出站进路的道岔！”跟着通知大家：“立刻上车！”

列车“库——库——库——”，开出来了！

出来不到两公里，前面是一片树林。车到树林边上，范永关闭汽门，自阀手柄推至制动区，搬回手柄至零位。车，停下了。

范永长出了一口气。穆成斌吩咐大家：“赶快下车，立刻把列车伪装起来。”

“是。”

众人答应一声，纷纷下车冲进树林，这就开始掰树枝子。

徐成忠过来了："书记，用不用和点泥粘车上啊？"

"哎呀，来不及了！赶紧找树枝！"

"啊？好！"

这通乱哪！

好在这里还有十几名解放军战士，这些战士也跟着一起动手。因为宿营车的空间有限，所以，东北野战军才派下来这十几名战士。别看人不多，都是加强班的，这些战士的军事素质非常高，射击、近战、擒拿、格斗样样在行，战斗力不亚于一个排。而且武器精良，机关枪、冲锋枪都带着呢！

这些人跟着一起动手，不到两个小时，就把列车给伪装起来了，车顶上全是树枝。

穆成斌命令车上所有人员疏散、隐蔽。刚隐蔽好，天上一架侦察机飞过来了。

这是一架巡逻机，每天它都要在天上转几圈，属于例行公事。来到玻璃山站上空往下一看，跟昨天一样啊。由于连着十几天都没什么新发现了，这些侦察机的巡逻也都流于形式了，转了几圈，扬长而去。

又过了一阵，空袭警报解除，所有的乘务人员和解放军战士才重新集合到一处。

穆成斌告诉大家：“为了防止敌机折返，大家暂时先不要动，原地待命。党员和姚连长去机车室，开会。”

因为范永得待在机车室，万一需要列车开动，不能没有司机。

大家伙儿都到齐了，支部会议开始。穆成斌正颜厉色，他总结了这次疏散待避的混乱情况，对徐成忠提出了批评。

徐成忠脸红了：“这事确实怨我，应该听司机长的话，那样，咱们能早出来一会儿，不至于这么紧张。是我考虑不周，我向大家做检讨。”

范永拍了拍徐成忠的肩膀：“老徐，也怪我没提前跟你说，情况来得也突然，我也做检讨。”

“好了。”穆成斌跟大家说：“为了在后面的行程中避免今天这种状况发生，咱们现在，就得制定出一套紧急预案，大家献计献策吧。”

你一言我一语，一个一个方案被提出，又被一个一个地否决。大伙儿的脑瓜子开始高速地运转，大敌当前，一个小小的疏忽，一个没有考虑到的细节都会使行动化为泡影。

还是范永的主意多，大家围绕他说的进行补充，最后定下了一套方案：以后再遇到这种情况，疏散列车的时候，由运转车长亲自指挥，调动车辆，检车员负责摘挂车钩和风管，还有扳道岔。押运列车的解放军战士负责监视列车，不许外人接近，做好保卫工作。

把这套方案从头到尾又捋了几遍，所有人举手表决一致通过，这才正式实施。

车上这些树枝怎么办呢？穆成斌提议，树枝就留在车顶，按照徐成忠说的，原地和泥，用泥把树枝再固定一下，这样伪装起来就更像了。

大家伙一起动手，把列车重新装饰一遍。

这时候，又来帮忙的了。

玻璃山站的铁路工人，拿着铁锹来了，帮着大伙儿砍树枝、挖土和泥。同时，带来了路牌。

大伙在这吃饭休息，穆成斌来到机车前，一伸手，“噌”，由打腰里拽出一把锤子，熟悉穆成斌的人都知道，他这腰里，总是斜别着一把锤子，这把锤子的锤头，一头是尖的，另一头是圆的，鸭卵粗细的木头把儿。那年头儿不讲究盘文玩，可这根锤把已经遍体通红，锃明瓦亮，都包了浆了！敢情，这叫检点锤！是铁路上的工具，通过锤击可以发现是否有螺母松动。

穆成斌拿着检点锤在机车上下不住敲打，一边敲一边听。这东西就像医生手里的“听诊器”一样。

整个儿都敲了一遍没什么问题，他把锤子重新别好，还别说，这车让范永保养得是真不错。哎？范永呢？大伙儿都在这儿吃饭，他去哪儿了？

找了一圈才发现，不远处有一块大石头，就看范永，站在石头上，不住地往四外看。

穆成斌走过来：“看什么呢？”

“啊？我看看天上有没有动静。哎，几点了？”

穆成斌掏出怀表看了一眼：“八点半了。”

“八点半？”

“腾”，范永从石头上跳下来，找到一位玻璃山站的工人：“老哥，我问问您，这飞机，昨天来过吗？”

“来过！不单昨天，前天也来了。”

“哦？他们侦查的时间固定吗？”

“时间？不固定，想来就来。不过，好像每天四点一过，就不来了。”

“四点一过？”

范永想了想，看来这一条还是固定的，既然这样：“成斌书记，我建议咱们不用非等天黑走，如果下午四点前敌机不来，咱们就往前走，能走一点是一点。如果天黑前遇见敌机了，咱们就按刚才定的方案实施，也算演习一回。”

“嗯。”

穆成斌明白，范永这是在想尽办法争取时间，前方战场盼这车军火好像大旱盼甘霖一样。早点儿到就能早日攻下锦州！

“好，就按你说的办！”

就这样，白天大家轮班看守，等到中午的时候，把车退回到玻璃山站，注水加煤，都整备好了，再开回原地隐蔽。

一直到下午四点，天上的敌机没再来，穆成斌下令：“出发！”

这次值乘的，是第三组。

司机是赵同济。

车往前走，就是郑家屯站。这儿是吉林、辽宁和内蒙古交界点，按照原计划，列车在郑家屯通过不停车，因为已经整备完毕了。

车一进站，赵同济就把手伸出去了，准备接牌。

接什么牌呀？

那个时候，由于客货流量小，铁路上都是单线运行，列车只有在车站或者线路所才能够会车、超车。其实那个时候，东北已经有电话了，可是为了防止敌人搞破坏，切断电话线，铁路运行还是选用“空间间隔法”，这也是“闭塞法”的由来。

单线区间，采用站间闭塞。两个车站中间这一段，为一个闭塞区间，每个闭塞区间只允许一列列车占用，列车进入闭塞区间后，闭塞分区两端都不再向这一区间发车，不准其他列车进入，以防止列车相撞或追尾。

这时候，列车从车站发出，就需要一个特殊的物件作为凭证，这特殊物件，就是路牌。

这路牌就是一个大铜圈，这是“通行证”。

就拿眼前的事说，3005 次军火列车从玻璃山站发车，下一站是郑家屯站，发车前，玻璃山站的值班员用专用口袋把路牌装好，交给 3005 次列车的司机，列车到达郑家屯站，把路牌上交，领新牌，才能开往下一站。

玻璃山站这边，3005 次列车拿着路牌开走了，这个时候，如果有其他列车来到玻璃山站，想开往郑家屯，不行！因为路牌被拿走了，什么时候等下一趟从郑家屯开回玻璃山站的列车，把路牌带回玻璃山站，这就是一个闭塞区间只许通行一列车的原则，为的是保证安全。

此刻，赵同济都准备好接牌了，可没想到，车刚一进站，站里的红色信号灯亮起来了，“唰唰唰”格外醒目，这是让停车！

赵同济不敢怠慢，急忙关闭汽门，把车停下了。

停车之后，他往站台上一看，怎么这么多人？

看站台上，站着十几位。赵同济赶忙下车，这时候，穆成斌和范永也赶过来了。

到站台前一看，郑家屯站的站长、书记、值班员全在这儿呢。为首站着一个人，年纪在四十上下，身材高大，阔目浓眉，穿着军装，穆成斌一眼就认出来了，这个人正是齐齐哈尔铁路管理局局长黄铎。

黄铎是辽宁本溪人，曾经在东北大学就读。1935 年，黄铎在南京中央大学土木工程系毕业，获得学士学位。1938 年 8 月，他由武汉北上经郑州、西安到达陕北延安参加抗日军政大学学习，1939 年随“抗大”迁往太行山

“抗大”一分校。1939 年 7 月加入了中国共产党。

到 1945 年 9 月，黄铎奉命前往东北民主联军，先后在后勤部交通司令部担任副司令员、护路军政委、西满铁路局局长、锦州铁路局局长、沈阳铁路局局长和齐齐哈尔铁路局局长。

黄铎怎么到了郑家屯呢？原来，自从 9 月 25 日大和旅馆秘密会议之后，东北野战军总部和东北铁道部联合组成了临时军事运输委员会，在梅河口铁路办事处、郑家屯铁路分局设立运输分委会；镇守梅河口的是吉林铁路局副局长孙鲁光；镇守郑家屯的就是齐齐哈尔铁路局局长黄铎。

穆成斌赶忙走上近前：“局长好！”

“成斌同志，你们这一路辛苦了。现在有个重要的事得向你传达。”

没时间去会议室了，就在站台上，黄铎传达了局里的指示。

原来，就在这几天，敌人好像是听见什么风了，他们把注意力从公路上移开，重新开始投向铁路。

“成斌同志，现在郑家屯以南的铁路线，已经被敌人严密封锁，成了敌机重点轰炸区，你们再往前走一定要留神，尤其是通辽和彰武要格外注意！鉴于当前情况，局里指示，给你们制定新的方案。”

穆成斌“啪”一个立正：“请领导指示！”

“接下来的运行，你们白天待避，夜间行车，千万不要冒险。而且，运行中要采取无灯火作业，机车里的灯光、火光全都不许露出来。

另外，把押车的战士分成四组，列车运行中，有三个组与乘务组的三个组相对应；另一个是强火力组，由姚连长指挥，在宿营车里待命，应对一切突发情况。你们要想尽一切办法保证列车安全，争取以最快的速度把车开到锦州西阜新车站。”

说完话，黄铎局长一回身，说了一声：“拿过来。”

秘书李森茂过来了，递给黄铎一个米袋子，黄铎对穆成斌说：“成斌，这是肉馅的大饼子，你们带着吧。”

哎哟，穆成斌，还有身后的范永、赵同济全都感动了。这是多么危险的时刻，黄局长亲自到站指挥，而且送来了粮食，大家伙儿备受鼓舞，也增强了完成任务的信心。

穆成斌伸手就去接，眼前是一个小坡，黄铎往前上了一步，没留神，脚底下有块石头子，当时脚一打滑，“哎哟！”

就看黄铎用手捂了一下膝盖。

穆成斌一看："局长，您这是怎么了？"

"哦，没事，快，拿着。"

穆成斌接过了米袋子。

可刚才这个微小的细节被范永发现了，范永一看，不对，他悄悄来到李森茂身边，低低问了一句："森茂同志，黄局长的腿怎么了？"

李森茂用手一拽范永的衣角，俩人背过身去，李森茂告诉范永："你不知道，昨天下午，这儿刚打过一场大仗！"

原来，就在昨天下午，郑家屯铁路地区遭受了敌机的轰炸！

一架敌机到这儿以后，不容分说，低空投弹、俯冲扫射。顿时间，铁道线上尘土飞扬，浓烟四起。郑家屯车站的机车库、铁路线和十四孔辽河大桥全都被破坏了！

黄铎局长亲自来到一线，指挥护路军战士，用机关枪对空猛烈射击。同时，调度各个岗位的铁路工人及时应对！

我们那些英勇的铁路工人在这样危险的环境里毫不畏惧，他们冒着生命危险誓死坚守岗位。

在敌机轰炸最猛烈的时候，机务段的司机，冒着四处横飞的弹片，把十几台机车开出车库隐蔽疏散。

工务段的工人们冒着生命危险修复被轰炸破坏的线路。

电务段段长在抢修电路时光荣牺牲。

车辆段的一名检车工在修缮车辆的时候被炮弹炸掉了双腿。

硝烟弥漫，蔽日遮天，持续了一个多小时，敌机才全部撤走。

等敌机走了，大伙儿才发现，黄铎局长的右脚下，有一摊血，“怎么回事？”有人过去撩起裤腿儿一看，原来黄局长的右腿被流弹打中，受伤了。

所有人都劝局长赶快治伤，黄铎强咬牙关，一瘸一拐地走上了站台信号楼。

李森茂紧随其后，大气儿不敢出。

黄铎在信号楼里命令郑家屯铁路分局的局长、政治委员还有工会主任，命令他们立刻增加从通辽到锦州西阜新之间的通信线路，开通西阜新至齐齐哈尔的电报业务，同时安装区间电话和直通电话。

几位分局领导当即领命。

把这些事情都处理完了，黄铎这才让人给自己处理伤口，外面打扫战场。

今天，李森茂把经过跟范永一讲，范永眼泪下来了，他知道，郑家屯在历史上曾是我们民族抗击侵略者的战略重镇，现在它又成了支援解放战争的重要铁路枢纽，我们的铁路工人，是在用鲜血和生命来捍卫刚刚回到人民手中的铁路大动脉！

他转身来到黄铎面前："请局长放心，我们一定听从指示，昼伏夜行，决不让列车暴露。只是，您的伤？"

"这不算什么，'飘花'而已，家常便饭嘛。"

黄铎用手拍了拍范永的肩膀："你的事，郭维城对我说过，你可是他眼中的一匹千里良驹呀！"

敢情，郭维城是齐齐哈尔护路军的司令员，兼任齐齐哈尔铁路局副局长，和黄铎是上下级。他和范永曾经有一段过往，有人知道，还有很多人不知道。今天黄铎一说，倒引起了穆成斌的兴趣，只是眼前情况紧张，没好意思问。

黄铎跟范永说："可惜维城不在这里，你们不能见面。前方路险，你要协助成斌同志带领大家排除万难，争取最后的胜利！"

范永庄重地向黄铎行了一个军礼："是！"

跟着，包乘组按照之前的计划，先把机车整备好，又去周围再找来一些树枝子、秫秸秆，还有柴草，把列车严密伪装。

所有人员都集中到宿营车上待命，黄铎局长送来的一摞大饼子被分成了小块，大家伙儿一口一口地吃带肉馅的大饼子，别提多香了！

天，一点点地擦黑了，穆成斌告诉赵同济："一会儿开车的时候，千万注意，不许开灯，也别鸣笛。"

赵同济一听："成斌书记，您就放心吧。"

他看了看副司机于金龙、司炉王玉阁、运转车长张尚友、检车员王希春："三组成员，立刻到岗，听候命令，准备出发。"

第五回

昼伏改计划语重心长
夜行遭袭击临机应变

宿营车里一片寂静，所有人都在盼着天黑，等待出发。

经过了两天一夜的奋战，大部分人都疲惫了，现在车还没开，抓紧时间休息一会儿。

虽说是休息，大家伙儿也都提高了警惕，打盹儿，都睁着半只眼睛。

别人休息，赵同济没有，他这人爱干净，白天开车的时候，他就觉得这司机台上有点尘土，现在离天黑还有一会儿，他找了块抹布，把司机台擦了好几遍，看了看，不行，还得擦。转身要下车洗抹布，范永上来了。

“老赵。”

“哎，司机长，您怎么不休息会儿？”

“我不累，想跟你商量点儿事。”

“说吧。”赵同济把抹布往旁边一放。

“呵呵，那什么，要按说，你打玻璃山开到这儿时间不长，下面的路还得是你开。可是……呵呵，我这手有点儿痒痒，打算跟你换换。”

“换换？”

“对呀，我想让你多休息会儿。”

“那咱们这组？”

“全换！三组换一组，怎么样？”

“不行！”

赵同济把脸一绷：“您这是看不上我，嫌我车开得不稳吗？”

“怎么可能？赵师傅开车，那在咱段里是出了名了，人送美号，您是‘一把闸’呀！”

赵同济一听，乐了：“那是！”

这话还真不假，真正考验司机技术的，不单是开车，关键是列车制动机的操纵，也就是刹车！火车司机刹车，也叫“撂闸”。比如说客车，现在在站台上都画着标记线，列车到站停车的时候，到底车厢能不能对上月台的标记线，这就取决于火车司机的刹车技术，也就是列车制动机的操纵技术。

很多刚刚上岗的司机，一次停不准，小碗面，还得找补一下！

赵同济为这个事儿，可是下过苦功！他每次进站，都提前计算出停车时间，在实践中不断修正，经过反复练习，真就练出了“精准停车、对标准确”的绝活，这一把闸撂下去，车正好停在月台标记线。

赵同济不明白，既然我车开得这么好，“司机长，您为什么要换我呀？”

紧着一问，范永实在没办法了，“老赵，实话跟你说吧，再往前走，就是敌机重点轰炸区了，你车开得好，但是，躲避敌机，你没有经验。另外，从昂昂溪出来，咱们一直走的是平齐线，这条线，你、我和成忠，咱们都熟悉，那是解放军的管辖区。可是，接下来，要直插大郑线，就是郑家屯到辽宁大虎山，那可是归国民党管辖，咱们谁也没走过！我已经征得了成斌书记和姚连长的同意，换吧。”

赵同济还想再争取，范永把脸一沉：“不商量了，现在就换！”

“是！”

赵同济明白，范永这是为大局着想，他已经把自己的安危置之度外了。

“那好吧，司机长，您可多加小心。”

范永微微一笑：“放心吧，老赵，敌机不来便罢，他要敢来，我就跟他来个一决雌雄！”

当下三组值乘改成了一组。

又过了半个小时，天大黑下来，时间指向六点四十分，车站值班员举起绿色信号灯，“唰”，顺时针画了一个圈，由范永驾驶的 3005 次军火列车可就开出了郑家屯站。

车一出站，副司机马清海、司炉周宪斌、执勤的解放军战士，还有宿营车、守车里的所有人员全都把弦儿绷起来了！

今天晚上，是出奇的安静、出奇的黑，好像还有点阴天，再加上执行新的方案，按照局长黄铎的指示，夜间行车，关闭车头的大灯，隐藏车尾的侧灯，连司机室也做了封闭，一点亮光不透，什么也看不清。

范永瞪大眼睛，注视前方，列车在黑夜中摸索行进。

范永现在是提高了警惕，但是他并不紧张。

有了之前白城站的教训，范永已经在脑子里想了几套甚至十几套对付敌机的方案了。

古人说，水未来先叠坝。范永曾经有过运输军火的军事斗争经验，通过前两次遇见敌机的情况来看，国民党空军的训练水平并不高，飞行频次也不够，包括他们这些飞行员的侦察素质也不高。据说西安事变时，国民党空军侦察张学良部的情况，报告的内容是：有若干穿白色衣服的军队在行军。后来，经证实，那是羊群。就是这种素质的飞行员，其作战水平可想而知。

既然作战水平不高，为什么之前有 8 列军火列车被炸呢？范永分析过原因，主要就是心理威胁。毕竟敌机是在头顶上飞着，他打得到你，你打不到他，这在心理上是有一定威慑力的，也就导致了司机沉着应对敌机的力量不强。

打心里对敌机就有一种恐惧感，总怕它来，这是绝对不行的。范永认为，在这个战场上，必须要唤起斗志，凡事有一利必有一弊，飞机在天上可以自由驰骋，但是低空飞行的时候，它就不那么自在了。东北地区，尤其是齐平线上，沿途上有些区间的线路两侧，净是那几十米高的土丘，还有大山，稍有不慎，它就得撞上！这一点，可就不如火车了，火车在铁轨上行走，安全系数高！但是，如果敌人把铁轨炸毁，火车就开不了了，所以，这个时候要争取时间，越快越好！

心里是这么想，现实却不允许。本身夜间行车瞭望条件就差，存在很多不安全的因素，现在又把所有的灯全都关闭了，这车开得还就不能快。

这一点导致了范永压力特别大！自从在哈尔滨大和旅馆受命之后，他就一直在考虑一个问题，那就是荣誉！

这一次辽沈战役，伟大领袖毛主席远在西柏坡运筹帷幄，决胜千里。东北大地由于有了纵横交错的铁路网，才使解放军在机动性上胜于国民党军队，为战役夺取胜利发挥着重要的作用。

辽沈战役正式打响后，解放军的大规模军运同时段展开。从9月12日到21日，短短9天的时间里，东北铁路总局为辽西前线秘密开行了64列军用列车，运送第四野战军的十万人马！

锦州外围的义县被攻克的时候，国民党军队全都傻了，他们怎么也想不明白，眼前这十万大军到底是从哪儿来的，是天上掉下来的，还是地里长出来的？

白天的时候，黄铎局长的秘书李森茂告诉范永，9月28日，也就是3005次军火列车从昂昂溪出发的那天，东北野战军总部专门致电东北铁路总局，表彰我们的铁路工人在最困难的条件下顺利地完成了军运任务。这是多么至高无上的荣誉啊！

范永在想，我们这次运送军火，意义同样重大，如果不成功，那就对不起陈云、罗荣桓、吕正操、邓华几位首长的重托！

基于这些原因，范永的心里才产生了巨大的压力。

不单是范永，穆成斌更是如此，他作为这次列车的临时党支部书记，身负重任。别看在宿营车里，他一直在做大家的思想工作，因为包乘组里除了范永，其他人都没经历过战场，之前两次都是敌机侦查，没见炮火，如果前方遭遇了敌人的战斗机，就怕有些人会有恐惧情绪。

所以，穆成斌跟大家说：“无论遇到什么情况，大家都要沉着冷静，千万不要慌乱，一定要听从指挥！”

这话刚说完，众人耳边突然响起一阵巨大的轰鸣声，骤然间划破了夜空的寂静，跟着“哒哒哒”，车厢壁上出现了一排弹孔，有一块弹片穿透了宿营车，“啪”地一下就打在二组运转车长刘国栋的左肩头上，一拃长的大口子，鲜血“哗”就流出来了。

不好，敌机来了！

穆成斌马上命令乘务人员：“卧倒！”

他冲到刘国栋跟前为他包扎伤口。

再看姚连长，带着两名解放军，端起冲锋枪就来到了窗户下。

就在这与此同时，机车里的范永已经发现了，黑色的夜空突然间亮如白昼，他知道，这是敌机投下的照明弹，大地上各个角落，暴露无遗，列车被发现了，范永大叫一声“不好”，抬起右手紧紧握住闸把。

范永打定主意了：今天晚上就是决战，天上地下得较量一番，有道是狭路相逢勇者胜！

他回头喊了一声：“老马、宪斌，添煤！”

“哎！”

两个人答应一声，一起往炉里加煤，火是越烧越旺，汽是越给越足，再看这列军火列车，好似脱缰野马一样，呼啸着狂奔！

那名押车的解放军战士，就紧紧站在范永身后，保护他的安全。

此刻，天上来的是一架轰炸机，是美国人送给蒋介石的，型号是 B-25，突击力强、载弹量大，而且子弹的射程远。

刚才说了，今天的夜里非常黑，基本是伸手不见五指。照明弹亮一会儿就不亮了，列车始终在移动，即便敌机的射程远，想射得精准，难度很大。

但是，已经被飞机发现，想甩掉它，不容易！

列车高速行驶，车轮飞转。范永头脑也在快速运转，他明白，现在双方都在高速运动中，天上的飞机要打移动靶也并非易事，只有保持速度才有希望耗尽敌机的弹药，成功抵达下一站。

想得挺好，但事与愿违，白光闪处，第二颗照明弹升起，天又亮了，范永清楚地看见，前方是个弯道！车走弯道就得减速，这一慢，给了敌人机会了，它一个俯冲“呜”地一下，下来了！

随着往下俯冲，就是扫射，“哒哒哒哒”，弹似飞蝗一样扑向列车！炮弹打在路基边上，石砟四溅。紧邻机车的这节车厢顶部，瞬间就被打穿了！

可把范永吓坏了！车厢里装的都是军火，万一被飞机的机枪击中，就会引发连环爆炸，把整趟列车炸飞。

想到这儿，范永是不寒而栗，脑门上黄豆粒大的汗珠子噼里啪啦往下直掉。

他抬手掐了掐人中，瞪大眼睛努力使自己保持冷静，放下手把、大开汽门，回头告诉周宪斌："再添煤！"

周宪斌抡起两条胳膊像车轮一样，整个儿锅炉都烧红了！炉水沸腾翻滚，汽缸内的空气急剧膨胀，强大的动力催着列车不断提速。

但是，火车再提速，也快不过飞机。

这架轰炸机扫射之后在半空中打了个趔儿，又回来了，再次俯冲，这回，可不是扫射了，它扔下了一排炸弹。

幸亏天黑，炸弹扔得不太准，全都掉到铁轨边儿上，瞬间一声巨响，火光冲天！

爆炸中的冲天大火再次暴露了列车的行踪，这下，敌机上的飞行员可看清楚了。

这飞行员也纳闷，半个月前我连着炸了三趟军火列车，每次都是轻而易举，这回怎么这么费劲？两番都没把它怎么样，这也太丢人了！再来一回，让你见识见识这美式装备的厉害！

他一扳操纵杆，兜了圈子，这次他打算把守车炸掉。这飞行员知道，守车是发号施令的地方，我炸了守车，让你们失去调度，等于打瞎你们的双眼，军无主自乱，我可就大功告成了！

嚯，这飞行员越想越兴奋，他这飞机兜了个圈子由打列车的车头往后飞，因为天黑看不清楚，所以飞得很低。

当它飞到列车中间这个位置的时候，突然，从一列车厢里，探出来一挺机关枪，“哒哒哒哒”，枪口射出一溜子弹，正打到轰炸机的机身上！把这驾驶员吓得“哎哟”一声，他万万没想到列车上会有轻武器，想还击来不及了，已经飞过去了，驾驶员赶忙前推操纵杆，踹动右脚蹬，这飞机当时偏航了，右边不远处就是大山，飞机一个滚转，差一点就撞上了！

您还别说，这个突然的还击，还真就把飞机给震慑住了。这枪谁开的？姚连长。

敢情姚连长早就做好准备了，他提前计算好距离，就等着飞机离近了再开枪。

按理说，实战过程中，不允许使用机枪攻击飞机这种重武器，因为这不仅取得不了很大的成果，反而还会暴露目标，引来更大的袭击。

但是，特殊情况得特殊对待，今天这种情况，是打飞机一个迅雷不及掩耳，第一它没想到这儿有机枪，再有，它飞得低，机枪的精准度能高一些。

暂时打退了敌机，这让范永稍稍松了一口气，再往前走，前边是一座隧道。

周宪斌看见了："司机长，太好了，咱们就停在隧道里吧，飞机肯定飞不进来！"

范永一听："敌机飞不进来，咱们也开不出去了。"

"呃……"

宪斌一想也对，万一敌机把守在隧道口，或者把隧道口给炸了，咱们真就出不去了，"那咱们可得快点！"

范永何尝不想快点，他恨不得给列车安上翅膀才好呢！

快速通过隧道，这时候，范永发现，天上好像安静了不少，还别说，姚连长真有绝的，这要是能打到它的发动机或者油箱就好了！回头他问马清海说："老马，煤水都够吗？"

马青海检查了一下："还有一半吧！"

"嗯，还有一半？不能都用光了，得想个办法了。"

他自言自语说着话，没留神，周宪斌把头伸出窗外，侧耳细听："司机长，我怎么听着有点动静啊。"

"什么动静？"

"说不好，轰轰隆隆的，声音不是很大。"

范永探头往天上看了看，笑了："你呀，可能是耳鸣了，我怎么没听见。"

宪斌脸一红："可能是我听错了。"

这个时候，宿营车里也暂时平静了许多，刚才这场激战，让车上的乘务员都大开眼界，他们这里很多人是第一次见到这种场景，开始确实害怕，可穆成斌之前的动员太起作用了，这些人看到刘国栋受伤后一点儿没喊疼，看到姚连长临危不惧，枪法出奇，真是英雄气概！所有人的敬佩之意，油然而生！

宿营车内人们精神倍涨，穆成斌很高兴，这就叫士气，打仗打的是什么，打的就是士气！"同志们，大家一定要坚定信念，团结一致，要记住，共产党人就没有战胜不了的困难！”

范永虽然没听到穆成斌的动员，可心情是同样的。范永掏出怀表看了一眼，现在是夜里十一点半，距离天亮还有六个多小时，必须要在这六个多小时内把列车开到通辽站，得给车添水加煤，隐藏待命！

张嘴刚要说话，就听马清海大喊一声：“司机长，快看！”

“啊？！”

范永急忙往窗外一看，了不得了，轰炸机去而复返，它又回来了！

那位飞行员恼羞成怒，他要报刚才的仇。“噔”的一声，照明弹再次照亮了天地，“哒哒哒哒”，又是一阵俯冲扫射，狂轰滥炸，列车在硝烟中勇往直前，范永把车开得飞也相似，这回敌机改套路了，它要扫射机车，眼看就要追上了，飞行员用手一按电钮，一排炮弹出膛奔向机车，万没想到，这火车突然间，停了！火车停了，飞机惯性大，一下飞过去了，炮弹打空！敢情是范永紧急制动，他撂了一把“非常”，一把死闸撂下，再看车底下，拉条带拉板，拉板带制动梁，制动梁带着瓦车，两块闸瓦紧紧抱住车轮，那车轮是钢的，闸瓦是铁的，钢铁摩擦喷射出的火星“唰——”跟条火龙一样！

把这飞行员给吓傻了，铁道两旁火光冲天，好一场地空大战！

第六回

铁道起火花地空大战
相援洒热血众志成城

正说到火车飞机地空大战！

轰炸机的驾驶员怎么也想不到，这火车跑着跑着突然停下了，而且停得这么快！

他不知道，这是司机范永搿的一把“非常”。

这个“非常”，是火车司机采取紧急停车的一种制动下闸的方法，在铁路的术语中叫作“非常制动”，也叫作紧急制动，简称“非常”，用铁闸瓦抱住钢轮。您看咱们那自行车闸皮了吗？那闸皮是在车轮里头，闸瓦是在车轮外头，这是使列车在快速运行中能够紧急停车的制动方法，不到紧急情况，是不能使用的。

今天，就是紧急情况。

轰炸机来的一刹那，范永就想好了，你既然去而复返要置我们于死地，那今天，咱们就来他一个斗智斗勇！

怎么斗？

想了个“有快、有慢、有开、有停”的办法，来个“你追我停、你停我跑、以慢治快、以停避打”。

火车下面有铁轨，只要司机一把大闸下去，车就能停。飞机行吗？飞机一停，掉下来了。这样一来，飞机就得往远处飞，因为它的惯性大。这段区间除了土山就是树林，飞机想再回来，就得兜大圈子。只要飞机飞远了，火车就能重新启动，往前多跑一段距离，开到可以隐蔽的一段线路躲避。现在是争分夺秒赶路程，多走一段是一段！

范永大胆谨慎，机动灵活地操纵着机车，他根据空中敌机俯冲时的怪叫声，来判断敌机的远近，从而调整车速，跟敌机捉迷藏。

这轰炸机让范永这么一闹腾，多少明白点了，好啊，这开车得厉害啊，这个火车司机居然能隔着这几百米的距离跟我打心理战，了不起！那今天，咱们就来个分上下、论高低！

就这样，飞机和火车就斗上了。

天上飞得快，地下跑得急，遇见线路两侧有山的地方，飞机就得高飞，或者是绕着飞，有好几次，飞机都差点撞上山石，只要它一慌，火车就能把它甩开一段距离。可只要是被追上，飞机就开始疯狂地扫射，跟在列车的后面追打。范永、马青海、周宪斌这三个人配合得太好了！只要听见敌机逼近就大开汽门，将车速提到最高，尽量往前抢；一旦发现敌机即将开火，就立即紧急制动下大闸快速停车！那敌机空发出的炮弹就多了去了。三个人紧密配合，协同作战。后边，押运列车的战士拼命抵抗，“哒哒哒哒”“咕咕咕咕”，枪声与炮声混杂在一起，都听不出个数了。就这样走走停停，停停走走，与敌机一路周旋，列车又行进了两三个小时，遭到敌机的六次袭击。

范永掏出怀表一看，现在是凌晨四点了，车里的煤不多了，范永有点着急了。哎，可他突然想到，我们的煤水不足，那敌人的汽油就充足吗？

当然不是！

有道是杀敌一千自损八百，就这通折腾，飞机也累！

他这里是六个人，六个人轮流操作。他们已经商量了，只要天一亮，这列火车是必死无疑，咱们现在我不用紧追猛打，因为弹药也不多了，B-25 一次可以携带 1.1 吨炸药，就刚才这通玩命的扔，现在也就剩五分之一了。最主要的是，照明弹也快没有了。

所以，双方的情况差不多。

这个时候，宿营车上情况相当紧张！

由于敌机连着几次袭扰，姚连长和四名战士先后都受伤了，好在受的都是轻伤，没有大碍。这个宿营车里确实带着一些纱布、绷带、硼酸、碘酒、止疼片，不过量很小。

这些乘务人员里，只有穆成斌和检车员佟德林懂一点医学常识，他们俩分工给这些受伤的人包扎上药。穆成斌一边包扎一边提醒大家隐蔽，就怕再有人受伤。

可偏偏怕什么来什么，敌机一个扫射，打中了车皮，溅起了一根铁钉子，由于当时战士们往外射击，门是开着的，这根铁钉子顺着门飞进来，正钉到二组副司机段贵荣的右腿上，“噗”“哎呀！”

段贵荣大叫一声，“扑通”就摔倒了。

“老段！”穆成斌一下就扑过来了，他把段贵荣拉到角落里，自己身子冲里后背朝外，借月光一看，不得了，这根铁钉子整个钉进去了，还是斜着进去的，这位置不好，正是大腿内侧，这叫股动脉。鲜血“咕嘟咕嘟”往外冒，眼看着段贵荣的脸就煞白了，嘴唇发青，双眼一闭，疼晕过去了！

穆成斌先找了一根绳子把段贵荣大腿根儿勒紧了，压迫止血，回头喊佟德林：“德林，快把药拿来，老段的伤太重了！”

佟德林快速把一名战士的伤包扎好后，提着药箱子就过来了，到跟前一看：“哎呀，这么严重啊！书记，不能上药。”

“为什么？”

“得先把钉子取出来。”

“哦，对。”

穆成斌仔细一看，段贵荣腿上流的血都是黑色的，可以断定，这根钉子一定是锈迹斑斑，这要不取出来，肉就得烂了！可是，取钉子……这活没干过呀！

您看，这铁钉子钉进肉里疼，从肉里往外拔，更疼！最主要的是，没有工具呀。起码得有个镊子呀。

佟德林在医药包翻了三遍，没有啊！

“怎么办呀？”

“这……”

穆成斌也没办法了，总不能用手往外抠啊！

这个时候，刘国栋拖着胳膊走过来了，“我这儿有这个，您看行不行？”

说着，往前一递。

穆成斌接过来一看，是一把五寸长的小刀，还带着鞘呢。

这是刘国栋家传的东西。

刘国栋的爷爷早年间喜欢收藏，那时候人讲究带饰件，什么鼻烟壶、玉坠子、小宝剑、小钢刀，为的是好看。这把小刀就是刘国栋的爷爷传下来的，别看小，钢口很好，锋利无比。

刘国栋带着这把刀不为好看，是当工具用。

“这行吗？”

穆成斌看了看，也就是这个了，可是，怎么往外起呀？

这句话把段贵荣惊醒了。睁眼一看，他明白了：“成斌书记，您就动手吧，这钉子非起出来不可！”

“老段，咱们没有麻醉针，直接下刀，你能忍得住吗？”

“书记，您给我拿块毛巾来！”

“哎！”

穆成斌找来一块毛巾递过去，段贵荣一张嘴，把毛巾给咬住了：“书记，您动手吧。”

穆成斌双手颤抖擎着刀，这时候，徐成忠、赵同济、于金龙、姬亚卿、王希春，五个人“呼啦”一下就围过来了。

姬亚卿从怀里掏出一把手电筒，打着以后，照在段贵荣的伤口，其他几个人用身子挡住光亮，防止被天上的敌机发现。

姚连长和另外四名没受伤的战士把住车门。

这时候，穆成斌开始要动手了，他先用碘酒给刀消了毒，用棉花蘸净，跟着，用刀尖顺着伤口一点点地往里伸，想用刀尖勾住钉子帽，一点点地往外抠。

想得挺好，这刀尖一碰伤口的肉，“呀——”段贵荣浑身直哆嗦。

吓得穆成斌赶快停手。

段贵荣瞪着眼睛点了点头，现在说不了话了，那个意思是没关系，一点儿也不疼！

穆成斌二次动手，他想，我别一点点伸了，快着点吧，“刷”地一下，刀尖进去就勾住钉子帽了，勾住之后就往外抠，这一抠可坏了，钉子是斜着进去的，往外一带，段贵荣就感觉撕心裂胆的一阵剧痛，“啊！”一把攥住了穆成斌的手。

这时候再看段贵荣，两个眼珠子努出了眶外，白眼珠起红线血灌瞳仁，满脸的大汗滴滴答答往下落，他右手一用力，把刀给夺下来了。

穆成斌一看：“老段，你要干什么？”

就看段贵荣，腕子一翻，刀尖冲下，“噗”地一下，就扎进伤口了，刀刃围着铁钉子转了个半圆，跟着左手的大指和食指伸进去，捏住钉子帽，往外一用力，“噌”，把钉子给拔出来了！

大伙儿借手电筒的光一看，铁钉子带出一条子肉是鲜血淋漓，再看段贵荣，脑袋一歪，疼昏过去了。

穆成斌一看，“快！”

他跟佟德林两个人迅速地把药填到伤口里，用纱布缠好，绷带绷上！

都处理完了，穆成斌的眼泪下来了，他在心疼自己的同志！

这个时候，姚连长和几名解放军战士看清了眼前的一幕，他们冲着段贵荣竖起了大拇指！

这些战士们在部队里听过“关云长刮骨疗毒”的故事，那是传说，今天这可是真的！看来，这铁路工人真是有钢铁一般的意志啊！

这些事情，范永一点儿也不知道，他现在得集中精力对付天上的敌机。

现在列车是停停走走，让飞机摸不着头脑。可是，最让范永头疼的，就是机车里喷出的白色烟雾，这些大团的蒸汽无形中给飞机送去了信号。只要飞机发现了烟雾，就能顺藤摸瓜找到火车，32 节车厢，这么庞大的物体，目标太明显了。

范永的脑子快速运转，把之前制定的十几个方案挨个儿想了一遍，最后，真让他想出一个好主意！

他想试试，但又怕把敌机招来，回头把马清海、周宪斌和那名解放军战士给喊过来，告诉他们：“一会儿如果敌机再来，咱们如此这般，这般如此！”

三个人点头，就在这时，敌机又来了。

把马清海气得：“这个家伙，豆包蘸盐掉鞋里。”

宪斌一听："这话怎么讲？"

"又黏又咸又跟脚！"

"嗨，这都什么时候了，还说俏皮话！"

范永喊了一声："别说了，行动！"

"好嘞！"

就看这名解放军战士来到机车门前，举起机枪冲着天上"哒哒哒"，一阵射击。这可打不着飞机，因为离得太远。可是，把飞机给引过来了，一直飞到机车正上方。

就看周宪斌"嗖嗖嗖"连着往锅炉里扔了三锹煤，马青海"啪"地一下，把风门给打开了，等了约有六七秒钟，就看范永一扳死闸，马清海猛地把风门一开，"呼"，机车顶上冲出一团巨大的浓烟！

由于现在敌人的照明弹已经用尽了，他们全凭烟雾寻找，可突然间起了这么大一团浓雾，瞬间就遮挡了敌机的视线。它是连扫射带投弹，哪儿知道，火车根本就没动，紧急制动下，火车停了。飞机发出的弹药全打空了！

范永笑了，他就是想通过这样的方式耗费敌机的弹药，等你弹尽粮绝，自然就滚了！

这架轰炸机确实让范永给调理苦了，六个机组人员在天上就打起来了，这个说“你没看准”，那个说“你飞快了”，这个说“刚才听我的就对了”。简直乱作一团！

他们这儿乱，那机车里可是欢天喜地，马清海、周宪斌都快把范永给抱起来了，不行，开着车呢！

“司机长，你太棒了！咱们这一手，都快赶上《封神榜》了！”

范永笑了：“咱们哪，就是随机应变，我看这架敌机的弹药用得差不多了！”

话刚说到这儿，那名解放军战士大喊了一声，他这一声喊可不要紧，差点把那三个人给吓死！

他喊什么？

“你们看，天上又来一架敌机！”

我的天哪，又来一架？范永心说，我就算是有再多的办法，也是无济于事啦！

他探出头往天上一看，果然，远处同时出现了两架轰炸机！

怎么回事？

敢情之前那架敌机在空中发出了求救信号，要求总部再派一架轰炸机前来支援，下边这列火车实在太难斗了。

他这求救信号是发出去了，可援机迟迟未到。

原来当时，国民党空军中像这样的轰炸机，只有 100 架左右。

可是，自从 1945 年抗日战争结束后，人民军队就已经有了上百万的规模，广泛部署在北方各省辽阔的地区，如果按北方交战的 12 个省份计算，那么平均每个省只能出动 9 架 B-25 轰炸机。况且，现在前方吃紧，国民党的大兵团都在前方，想再调出一架轰炸机，太难了！经过了反复协商，多方调解，这才挤出来一架，前来支援。

这架轰炸机来到上空往下这么一看，下面黑压压一片，什么也没有啊！

列车刚刚实施了紧急制动，风门关闭，烟雾升不起来，加上黑漆漆的夜色，所以，新来的敌机什么也没发现。

可前边那架敌机知道，火车就在下方，咱们来个守株待兔，只要它一开动，咱们马上轰炸，两架飞机合着炸一列火车，它是必死无疑！

此刻，列车里的所有的人全预感到了死神即将来临！看着天上两架盘旋的敌机，范永双拳紧握，钢牙咬得“咔咔”直响，列车里紧张的气氛已经到达顶点啦！

可就在这一瞬间！

周宪斌用手往窗外一指："快看，有灯光！"这一声尖叫让范永顿时回过神来，他往窗外一看，就在铁轨几百米开外的一条公路上，突然之间亮起了汽车的灯光，一盏两盏三盏四盏五盏六盏，"刷——"，好像一条长龙，一闪一闪格外醒目，而且，还夹杂着此起彼伏的喇叭声。

这怎么回事？怎么会有汽车队？

范永还没想明白呢，就听一声巨响"轰"！第一辆汽车就被炸飞了！

天上的两架敌机被这突如其来的汽车灯光吸引了，一个侧飞一个包抄就冲过去了，扫射投弹，大肆攻击，疯狂的啸叫好像鬼哭狼嚎，汽车零件、座椅轮胎被炸上了天，连人肠子都崩到树上了……汽车队被裹卷在团团尘烟之中，整条公路成了一片火海！

在黑夜里找不到列车目标的两架敌机正憋着一股火，现在可发现了，尤其新来的这架敌机，它的弹药充沛，驾驶员邀功心切，是一个劲儿的狂轰滥炸，足足炸了有十多分钟，这才心满意足，两架敌机一前一后飞走了。

一切恢复了平静。

范永拉开车门，从车上跳下来，他看着眼前的这片火海，脑子里想的是在哈尔滨大和旅馆接受任务时，东北野战军政委罗荣桓说的一句话：“你放心，为了配合这次军事行动，前方已经准备打几个大胜仗来吸引敌人的注意力，沿途上也会有部队来掩护。”

不用问，这就是部队派出来保护我们的汽车兵。他们为了吸引敌人的注意力，在关键时刻，选择了牺牲自己。

范永的眼睛红润了，他一句话没说，飞身上车，列车再次驶向前方。

一直到 9 月 30 日四点五十分，列车到达内蒙古与辽宁交界的阿尔乡车站，可算能喘口气了。

整备机车，添煤加水，检车员拿着工具围着列车转了一圈，这才发现，车皮上留下了无数个弹孔，所幸的是，武器弹药安然无恙。

依着阿尔乡站站长的意思，就把车停到站里，可是穆成斌抬头看了看，现在已经天光大亮，车肯定是不能走了，如果停在这儿，这个阿尔乡站很小，只是几座青砖小房和七棵小树。这里已经是前线，敌人的飞机随时可能飞临头顶，如果停在站里，一旦被发现，必定会招致空袭。那样一来，阿尔乡站立刻就会变成一片火海，后果不堪设想。

还是开出去吧。他和范永、姚连长商量了一下，先去找来医生给伤员治伤。范永去值班室联系了部队领导，汇报了昨晚发生的情况。部队领导下令，接下来列车每到一站，都会派兵沿途保卫，而且，沿铁路两侧的解放军白天向后方慢行军，夜间则转向前方急行军，用这样的方式迷惑敌人；再加上几辆武装卡车与军列并行，白天用高射机枪驱赶敌机，夜间则打开车灯引开敌机，全力保障 3005 次军火列车的安全。

汇报的事办完了，这才把列车开出车站，准备进入区间，停车隐蔽。

可是，当列车开出阿尔乡站，大家举目一看，眼前竟是一片沙漠，四野空荡荡，一眼望不到边，这可怎么隐蔽啊！

第七回

四野空荡荡无计可施
急中生妙想化整为零

“隐蔽”这个词儿，最早见于《吕氏春秋》：“诸搏攫柢噬之兽，其用齿角爪牙也，必托于卑微隐蔽，此所以成胜。”

隐者，藏而不露；蔽者，借物遮挡！

隐蔽工作对于军事作战有着重要的意义，有道是于无声处建奇功！

可是，眼下 3005 次军火列车想在白昼间隐蔽起来，做不到了。

阿尔乡是个镇，地处阜新市彰武县的北部，科尔沁沙地的南缘。当时，这儿是一片大的沙丘！

漫天黄沙，而且突然间就起了大风，那沙子顺着窗户往机车里灌！

车刚出站还不到一公里，穆成斌一看，这可不行，他马上命令停车。自己和范永一起找来阿尔乡站的站长了解情况：“站长，这风怎么这么大呀？”

站长看了看：“这还大？这很平常，我们这儿，一年就刮两次风。”

范永一听：“才两次？”

“对，一次刮半年。”

“哦，天天刮呀！”

听站长一介绍，他们才知道，这地方早年间是一片美丽的大草原，河川众多、水草丰茂。可是，多年来受历史、人为、自然、气候等因素的影响，生态环境遭到严重破坏，西辽河、新开河等相继断流，湖泊干涸，地下水位持续下降，草原退化、沙化，沙尘暴肆虐，美丽的草原变成了沙漠。

生态的急剧恶化让生活在科尔沁一带的人民饱受风沙之苦，一年到头刮不完的风！有老百姓还编了几句顺口溜，

“无风三尺土，有风日作光。刮起沙尘暴，天地一片黄。人不敢张嘴，狗不敢汪汪。风沙分大小，大小不一样。大的能顶梁，小的能顶墙，早起开门看，牛犊子上了房。”

哎呀，穆成斌和范永听完之后急得直搓手啊，这可怎么办啊？沙漠地带一望无垠，没有丝毫的屏障，怎么隐藏列车呀！

站长一看：“现在就盼着敌机不来。”

范永一听：“不可能！昨天夜里我们和两架敌机进行了一场争斗，它们把汽车队当成了火车，轰炸之后一定会重新勘查现场，当发现不是火车的时候，敌机肯定要再次出击，沿途寻找，我们的处境十分危险！所以，必须在最短的时间内想出办法，将列车隐蔽。”

穆成斌把党员和姚连长召集来，就在原地开了个紧急支部会议，所有人都得想办法！

大家伙儿集思广益，有人说，干脆咱们原地不动，再找些树枝泥土把列车伪装好。

穆成斌一听，“不行，这么庞大的列车即使全用树枝覆盖起来也不行，没有遮蔽物啊，敌机在空中往下一看，孤零零的，这么长，这么大，肯定是火车！即便敌机看不出来，也会起疑心，随便扫射几下，就可能引爆车上的弹药，这条建议不行！”

再想。

哎，有人提出来，“实在不行，咱们冒点险，把车往前开，看看前面有没有更有利的地形可以隐蔽。”

穆成斌张嘴刚要说不能冒险。站长把话接过来了：“别费劲了，往前开还是个小站，这一路上，除了六座短短的土山，其他的，风景一致”。什么意思？就是哪儿哪儿都是沙子，方圆几百公里，没什么可以隐蔽的地方。

小站？短短的土山？

范永低下头来想了想，猛然间，他眼睛一亮：“站长，前边这个小站，离这儿有多远？”

“离这儿？也就十五公里吧！”

“叫什么名字？”

“章古台。”

“十五公里，章古台……有了！”

范永惊喜的表情让所有人莫名其妙：“什么办法？”

“近前来！”

呼啦一下，大伙儿把范永围上了。

“同志们，咱们以阿尔乡站和章古台站作为一个大区间，把那六座土山作为六个小区间，这是八个隐蔽点。把守车加一节车厢停在阿尔乡，机车头挂一节车厢停到章古台，其余车厢分散到六座土山，咱们把列车拆开，这叫化整为零！”

哎哟！范永的一番话让在场所有人员无不称快，“好主意呀！”

连站长都觉得惊讶，我天天在这儿驻守，愣是没想到，看来这个司机长范永真不简单哪！

穆成斌一看：“这个方案可行，时间紧、任务急，趁敌机没来之前，咱们立刻行动。”

“是！”

所有乘务人员加上解放军战士一起动手，那位站长撒腿就跑。

穆成斌一看：“您去哪儿？”

“我叫人去！”

阿尔乡是个小站，连站长带值班的一共才九个人，留下一个看家的，剩下的全出来了。

范永告诉徐成忠：“老徐，你开车，其他人听运转车长指挥！”

运转车长邹天余手摆动信号旗，大伙儿都得看旗行事。

首先，列车得往后退行，退行到阿尔乡车站里头，由检车员负责摘下车钩、风管，扳道岔。把守车加一节车厢分解下来，留在站内，做好防护后，列车开出阿尔乡站。

随着列车进入区间，到达有土山的线路地段，摘下几辆车，再往前走。这列 32 节的军火列车是越走越短，所经过的六座土山有长有短，有的可以藏两节，有的可以藏三节，每到一处，都要留下一部分人对车辆进行伪装。

穆成斌提议：把车顶上的树枝全部取下。

树枝是绿的，沙漠是黄的，树枝在这个地方非但起不到隐蔽作用，反而会暴露。

之前一路奔驰，再加上被敌机扫射，车顶上的树枝剩得也不太多了。

全部取下以后，盖上沙土，用来隐蔽。

就这样走走停停，哎，真是计划赶不上变化，由于在路途中又发现了几处土岗，范永估量了一下高度，又看了看位置，决定把车厢分解后停在了土岗旁边。最后，连机车也停到了土岗边，也就是说，没进章古台站。

疏解列车的全程都有押运列车的解放军战士负责监视，做保卫工作。在不到五十分钟的时间里，从前到后列车被分解成了 13 段，全部处理完毕，真是雷厉风行，群策群力！

这个时候，是 9 月 30 日上午六点三十分。

穆成斌看了看怀表，下令所有人员："地面上禁止任何人走动，谁也不许大声说话。全部集中到宿营车上，轮班休息。"

宿营车被隐蔽在一座二百米的土山里，还连带着两节车厢。

人一上车，坐下来，这才觉出来疲惫。

刚才这通折腾，没一个喊累的。现在踏实下来了，有人直接就躺下了。

范永的两只眼睛都快睁不开了。这一宿大战下来，范永是筋疲力尽了。

穆成斌一看："范永，赶快休息吧，你太辛苦了。"

"哎。"

范永答应一声，随着就把眼睛闭上了，真得好好睡一觉。

人哪，讲究的是劳逸结合。不是有那么句话吗，文武之道，一张一弛。这个休息有时候比吃饭还重要，而且休息得讲究方法，讲究是排除杂念，抱元守一。不能躺下以后胡思乱想，前三百年、后五百载，东一榔头、西一扫帚，躺着比站着还累，睡八个小时等于没睡，这不行。

睡觉得心神清静，这样才不会损耗精神，睡眠质量高。一个小时不长，但是真能起到恢复体能的作用。

范永现在的睡眠质量就挺高，躺下就着了。

穆成斌一看，“这样吧，大家都休息会儿，我来值守。”

这宿营车里空间有限，没办法，挤着点吧。

不到十分钟，这些人就都睡着了。

穆成斌一个人，走到宿营车门前，抬头看了看这个被切开的小土山，别看不高，它却能巧妙地隐蔽列车，挡住敌机的视线。

穆成斌一伸手，把腰里别着那把检点锤又拔出来了，就在宿营车门口附近“叮叮当当”地敲打来敲打去，听听声音，看看有没有松动的螺母。

穆成斌在1936年就考入了昂昂溪机务段，他当过擦车员、司炉、副司机、司机，业务相当娴熟。

敲一下，“铛”，再敲这边，“铛”，低下身子敲一下，嗯？怎么是这个声音？“铛——嗡”这？坏了，这是飞机的声音！

成斌抬头一看，半空中飞来了一架战斗机！

他大喊了一声：“都醒一醒，敌机来了！”

这一声喊，“呼”地一下，大家伙儿全都坐起来了，困意全无,脑子里那根紧张的弦“呗儿”地一下又绷起来了。

范永头一个就来到门口，他探头往外一看，“呀”，战斗机都飞到土山顶上了。

范永赶快往后撤步，回头告诉车里的人：“都别出声！”

他往下一伏身，抬起头，紧紧盯着上空。就看这架敌机围着土山连转了三圈，两个飞机膀子不住地左右倾斜，好像是在寻找目标。飞得太低了，连敌机垂尾上的标志都看得清清楚楚。

所有人都屏住了呼吸，大气不敢出！

这飞机又转了两圈，实在没发现什么？它怎么不飞进土山中间看看？它不敢，这里头地势太低，好像两山夹一沟，飞机只要是进来，肯定得撞上，它不敢。实在没收获，飞走了。

这架敌机刚飞走，不到十分钟，又来一架。

范永明白了，这是轮番作业。

真让范永猜对了！

头天晚上执行任务的两架敌机回去向他们的总部邀功请赏，说他们已经炸毁了共军的第九列军火列车。

总部大喜，正准备颁奖呢，侦查人员回来禀报：被炸毁的不是火车，是汽车队！

可把敌军总部的人给气坏了，揪着两架轰炸机里十二个机组人员的脖领子，不偏不向，每人给了一个大嘴巴。“为了一队汽车，你们耗费了将近两吨的弹药，真是岂有此理！”

敌机飞行员一听：“不对呀，我跟这列火车大战了几个小时，看得清清楚楚，就是火车！”

“不用狡辩，你们现在就出去寻找，找得到，给你们将功折罪，要是找不到，你们十二个人提头来见！”

挨了一顿臭骂，这些人再次登上轰炸机，外出寻找。

不单是这两架，国民党空军总部出动了一大批侦察机、战斗机沿着郑家屯往锦州前线的路上寻找，命令就是挖地三尺，也得找到军火列车！

这些敌机在天上玩命地找，这么大的物体，就是藏在哪儿，我们也能发现！鸟飞还得有个影儿，更别说火车了！只要发现了，不容分说，投弹就炸，把它炸为齑粉，对！找！

这些敌机怎么也想不到，军火列车能化整为零，分散待避。这一堆，那一块，而且全都用沙土伪装藏在土山中间，从上往下看，什么也发现不了。

他们倒是发现了阿尔乡站，有心要炸，仔细一看，这站也太小了，根本藏不住一列火车，炸它还得费弹药，算了吧。

这些敌机是名副其实的好高骛远，它们的目标是郑家屯、通辽这样的大站，有肉吃，谁还去啃骨头？

就这么飞来飞去，四处寻找，其实，军火列车就在脚下，它就是发现不了。

接二连三的侦查，开始时列车里的人还紧张，到后来，也都不紧张了。可能是有昨天晚上的经验了，慢慢地，车厢里开始聊上天了。

大伙儿都说，这些敌机简直就是睁眼瞎；也有人说，这是咱们伪装隐蔽得好，还得说是司机长的主意高。

一说起司机长，大家伙儿全都把大拇指竖起来了，夸赞范永。众人里面，段贵荣的口才最好，别看受伤了，一点儿没耽误干活，现在一听大伙儿夸范永，他凑过来了，用手把受伤这条腿往前一搬，那条腿往回一盘，他拿这儿当炕头了！

“我说各位，昨天晚上你们是没看见——”

大伙儿一听：“你看见了？”

“当然了！别看咱受伤了，可心一直跟着司机长。就昨天这出儿，让我想起我小时候，听场院里一位先生说书，说的是赵子龙大战长坂坡，在曹营杀了个七进七出，砍倒大纛旗两杆，夺槊三条，杀死曹操有名上将五十三员，威名远震！要我看，咱司机长就是今世赵子龙！昨天晚上，我没干别的，一直给司机长鼓劲叫好！”

大伙儿一听都乐了：“你可拉倒吧，我们就看见你疼晕过去了，醒了之后滋哇乱叫。”

“哎哎，别提这事儿啊，就咱这条腿，三天，准站起来！”

东北人有着与生俱来的表演能力，让他这么一闹腾，车厢里的气氛轻松很多。

也是，老这么一根弦绷着，也不行。

范永摆了摆手：“我说老段，你是真能说呀，我可没那本事。”

“不，你有，真格的，我可听说过，你曾经去北安取枪，斗过土匪，有这事吗？”

一说这个，引起了穆成斌的注意，他想起了黄铎局长提到的郭维城，这个事儿，还真想听一听。想到这儿，他往前凑了凑：“哎，范永，你就给大家讲讲吧。”

范永一听：“讲讲？讲讲就讲讲！哎，可说明白了啊，我可没老段那口才。”

大伙儿一听：“没关系，您讲的是真事，老段净瞎白活。”

老段不高兴了：“我怎么成了瞎白活了？”

“行了行了，都安静，听范永说。”

范永咳嗽一声，就跟大伙讲起了这桩往事。

那是在 1945 年的冬天，为了恢复铁路交通，整顿治安，东北民主联军北安军区给西满护路军拨下了一批枪支弹药，2000 支步枪、200 箱子弹。西满护路军的司令员郭维城带领三个新兵连的战士，在齐齐哈尔车站，乘装甲列车亲赴北安。

当时机车上有六名乘务员，分成了两组值乘，两名司机、两名副司机、两名司炉。

列车到达北安，把枪支弹药装上了车，回来的路上，行至克山县古城镇与依安县泰东站之间鳌龙沟，天色渐渐黑了下来。司机突然发现，在左前方离路基五六十米远的雪窝里，好像有东西在移动，是人是野兽看不清楚。副司机想拉开车窗看个究竟，手刚碰到窗户，“哒哒哒”一排子弹射来，打到铁窗棂上，火星四溅。

紧接着是机车剧烈的震动摇晃，吓得司机手忙脚乱，也不知道是该关汽门，还是下闸，就这么一犹豫，“咔嚓”一声，机车冲出钢轨，倾斜在路基边上，不动了。机车出轨，带动后边的装甲列车也翻仰在路基下。

敢情他们遇见土匪了，这伙儿土匪足有三百多号人，每个人手里都有家伙！

见到列车颠覆，土匪们蜂拥而上，子弹像雨点一样朝车上打。郭维城临危不惧，当机立断，带领战士，以装甲车厢作掩体，予以猛烈反击，战斗从午夜打响，一直持续到第二天下午两点，这才打退了敌人。

就在战斗过程中，两名司机、两名副司机不幸被土匪打死了。就剩下了两名司炉。其中一名司炉，就是范永。当时，范永才 20 岁。

郭维城问：“你们俩谁会开车？”

范永会，但他不敢说，因为自己的身份是司炉，不能开车。

神情一犹豫，被郭维城发现了，用手一指：“就你了！”

范永知道，这是特殊时刻，不是司机，我也得把车开回去！

就这样，范永开着车，带着这批枪支弹药回转齐齐哈尔。

路上又遇到了土匪的两次袭击，郭维城就站在范永身边，给这位“实习司机”保驾！

当时范永精神大振，司令员在身边，我有什么怕的！他把自己学的这点知识全用上了，这车开得是忽快忽慢，动静结合，停停走走，神鬼难测，把这些土匪闹得晕头转向。

从那时候起，郭维城就特别地欣赏范永。正是有这次北安取枪的经历，才有后来郭维城举贤荐能的美谈。

今天，在宿营车里，范永旧事重提，大伙这才明白，范永驾车斗敌机，那是有丰富经验的！

尤其段贵荣：“各位，我没胡说吧，咱司机长就是当世赵子龙！”

他这话刚说完，就听耳边“轰隆”一声巨响，惊天动地，所有人大惊失色！

第八回

坚守宿营车岿然不动
风雨柳河桥天降神兵

3005次秘密军火列车在阿尔乡站外化整为零，众人在宿营车上隐形待避，忽然间远处传来一声巨响，撼天震地！

范永的第一反应是军火列车的哪一段被炸了？他来到门前想往外看，有土山挡着，看不见。他侧耳听了听，感觉声音来的位置，不是疏解列车的地方，这是怎么回事呢？

等了一会儿，“轰隆”！又是一声响，这又是哪儿？

范永听了听，这个声音离着脚下的位置很近了，难道说……

他还没想明白呢，就听头顶之上，“呼呼呼”来了一架飞机，就在这土山顶上盘旋，范永把身子藏在门后，就露出来两只眼睛，紧盯着天上。

身后的人也看见了。范永的两只手攥紧了拳头，胳膊上的骨头节“嘎巴嘎巴”直响。

范永感觉，这架敌机好像是发现什么了，在土山上方转来转去就是不走。

太吓人了！如果敌机往下试探性地扔一枚炸弹，那就全完了。

现在，宿营车里紧张的气氛让每个人都能听到对方心跳的声音，太安静了！

这个时候，如果说有人害怕了，从车厢里跳出去准备逃跑，就暴露目标了！

在这样关键的时刻，就体现出了共产党员坚定的意志，太强大了！

就在这同一时期，在中国的南部，山城重庆渣滓洞里，关押着一位革命志士江姐，面对敌人的严刑拷打，江姐说过这样一句话：竹签子是竹子做的，共产党员的意志是钢铁筑成的！

往后说，1952 年，抗美援朝的上甘岭战役中，邱少云同志为了不暴露目标，火苗烧到自己的身上，他一动不动，直到最后被火苗覆盖全身，邱少云像泰山一样，岿然不动！

这些人，心中有信仰，脚下有力量！他们知道，坚定的意志是取得一次又一次胜利的法宝，是战胜一次又一次困难的诀窍。

眼下 3005 次军火列车上的 16 名铁路工人，他们没有忘记出征时面对党旗发出的誓言：“人在车就在，不管遇到什么困难，一定要把军列开上去！宁可牺牲自己，确保军列安全。”这些人已经把生死置之度外了，他们把信念和任务看得高于自己的生命，正因为如此，他们才会有这么强大的定力，才能够一声不响、一动不动地待在宿营车上！

时间一秒一秒地过去了，范永在心里数着，天上这架敌机，足足转了二十圈，飞走了！

范永一下就明白了，这架飞机是在耗汽油，耗时间，完成任务！

是啊，在一望无际的大沙漠里，很可能会迷失方向，原地转圈儿，这也是个完成任务的“好”办法！

就这样，整整一天，敌机前前后后一共来了七次，一直到傍晚，才全部飞走。

大伙儿一句话不说，就这么静静地等着。

忽然，车厢里发出了奇异的响动：咕噜、咕噜、咕噜噜噜噜……

是肚子在叫唤，包括那些解放军战士，都饿了！

在郑家屯站黄铎局长送的大饼子早就吃完了，到现在，这些人是水米没打牙，所有人的干粮都用尽了。

全车的人中只有范永知道，列车里有一节车厢，那里面有米面。要不然，拿出一点儿给大伙儿吃？转念一想，不行。这是军事机密，车厢绝不能打开。再有，那些粮食是给前线部队用的，现在一切为了前线，宁可饿肚子，也得保证前方冲锋陷阵的子弟兵吃得饱！

想到这儿，他压低声音跟大伙儿说："彰武是大站，离这儿很近了，到那儿就能吃饭，大家再忍一忍吧。"

非常时期，范永也只能用这个"画饼充饥"的办法来安慰大家了。

夜，终于来临了，沉默的车厢一下子就活跃了，这可真是苦中作乐，连天黑都能让人高兴，因为列车又可以起运了。虽然不能保证敌机晚上不出动，但是，此刻锦州前线正在焦急地等待，像大旱盼雨一样，如果不及时地把军火送上去，那就意味着更多前线的战士要流血牺牲！趁着黑夜的掩护，必须要再次冒险前行。

宿营车上的人跳下来，准备去找机车，刚跳下来，就听远处里脚步声响，有人高喊："成斌同志！"

姚连长喊了一声："谁？"

"是我！"

听声音听出来了，是阿尔乡站的站长。

穆成斌跑过去："站长，白天几次轰炸是怎么回事？"

"哎呀，我就是来通知你们这件事的，白天敌机频繁出动，为了找你们费尽了心机，最后他们猜想列车可能会藏在彰武车站，所以他们把彰武车站给炸了，两台机车被毁，十二条线路被炸得只剩下了两条！"

"什么？"

"不单彰武，前方的小站章古台也被炸了。"

哎哟！穆成斌听到这句话，"唰"地一下，冷汗顺着脊梁沟直往下淌。

他后怕啊！多亏路上有土岗，要不按照计划机车开进章古台，那就完了。

可眼下，彰武车站被炸，咱们怎么走啊？！彰武是通往锦州的必经之地，车站被毁，铁轨被炸，军火列车举步维艰啊！

范永一看：“先别着急了，不是说十二条线路还剩下两条吗！”

站长也说：“对，成斌同志，前方来电话，说彰武地区铁路办事处和军代表正在组织铁路工人全力抢修。”

哦！穆成斌一听：“那太好了，既然这样……范永，看来敌机重点对应的是大站，所以，绝对不能在彰武站停留，咱们要想尽一切办法在今夜晚间抢过彰武，争取在天亮前到达五峰站待避，咱们马上把列车重新连挂！”

“是！”

范永答应一声，带领所有人员分散到疏解列车的各个隐蔽点，还是由运转车长邹天余指挥，范永亲自开动机车，把机车一点点地往回倒，把被分散的车厢重新连挂到一处。

一切工作完成后，是9月30号晚上七点整，大家辞别了阿尔乡站长，领了路牌，军火列车再次在夜间前行。

这次是三组值乘，开车的是赵同济。赵同济和副司机于金龙、司炉王玉阁，三个人全都提高了警惕，仔细注视着黑暗中的动向。

开出了两个多小时，天上一点动静也没有，王玉阁笑了：“嘿嘿，看来是白天都飞累了，到晚上全都趴窝了。”

王玉阁不知道，并不是敌人累了，而且他们此刻已经忙不过来了。在敌我争夺最为激烈的时候，敌人怎么能够放松和懈怠呢？他们今晚没有出击，是因为受到了锦州前线的牵制。

范永在大和旅馆受命的时候，罗荣桓政委告诉他，前方要打几场大仗来配合这次军火列车的行动，那就是分散敌人的注意力，让他们应接不暇，顾此失彼。看着眼前似乎很太平，其实，那锦州前线已经打得热火朝天了！

军情急如火，夜短征途长，就这样一路前行，他们冲出了沙地。往前再走就是彰武站，突然间，于金龙喊了一声：“停车！”

原来，前方出现了停车信号，赵同济急忙紧急制动，车停下来了。

很快，范永和穆成斌跑到近前，这儿已经有一位车站值班员在等候，他是来送通知的，说前方柳河大桥在六个小时前被敌机炸毁，列车过不去了！

“什么？过不去了？”穆成斌掏出怀表看了看，现在是晚上九点钟，如果在天亮前修不好桥，车就走不了了，又得干等一天，可这桥怎么修啊？

“这儿离柳河桥还有多远？”

“不到两公里。”

“这样吧，咱们先把列车隐蔽。”

“是。”

找到树林，把车藏好。其他人在车上留守，范永和穆成斌跟着值班员往前走，一直来到柳河桥边，注目一看，果然成了断桥。往下看，桥梁、枕木、铁轨全都泡在河水里。用眼睛丈量一下，这座桥起码得有三四百米长，要是修起来可是大工程啊！这可怎么办？冲过了层层险阻没想到在柳河桥前寸步难行，十六名铁路工人加上那些解放军战士总共不到四十人，要想修大桥重铺铁轨，事比登天还难。最主要的是，一旦敌机来了发现了我们，所有人加上列车瞬间就完了，这不是坐以待毙吗？是进是退无决策，箭在弦上弓难张！穆成斌急得一跺脚，“嗨”，黑胶鞋差点开了绽。

哎，就在这万分危急时刻，忽然间，远处灯光闪烁，虽然不太亮，可一点一点好像天上的繁星一样，朝这边就过来了。

点点星光越来越近，范永眼睛一亮，用手一推穆成斌：“快看！”

穆成斌顺着范永手指的方向仔细一看，在这些点点星光中有一团烈火，不是烈火，这是一盏红色的铁路信号灯！

是自己人！

“呼啦”一下，他们就冲过去了。等离近了一看，好家伙，对面人头攒动，来了多少人哪！天黑看不清这些人的容貌穿戴，只能看见他们手里拿着的家伙什儿：铁锹、镐头、钢锯、撬棍、道尺、锤子，还有大号开口扳子。全是修铁路的工具！

这时候从人群里走出两个人，一高一矮，来到穆成斌面前。高个儿的先说话：“我是郑彰线抢修大队队长李仁魁。”用手一指那矮个儿的，“他是副队长毛守衡。我们接到了任务，前来抢修柳河大桥。”

哎呀，穆成斌激动得眼泪都快下来了，他握住了李仁魁的手：“老李呀，这真是神兵天降啊！快！”

穆成斌朝身后一招手，什么意思？赶快把列车分段隐蔽，防止敌人空袭。眼前这座大工程，就交给抢修队啦！

抢修队在当时归护路军统领。1945 年 8 月，日本帝国主义无条件投降。东北人民民主政权尚未得到迅速建立，铁路陷于瘫痪状态，并不断遭到土匪、特务、国民党地下武装的破坏。人民解放军为了顺利接管铁路，确保铁路线和运营的安全，巩固与繁荣解放区，从当年 9 月起，就陆续建立武装护路部队。1946 年 12 月，正式成立东北民主联军护路军司令部，将东北各地护路大队、铁路纠察队、东北回民支队等武装力量，整编为 7 个步兵团和 1 个装甲大队，总兵力近 9000 人，担负起东北地区 5000 多公里铁路护路任务，总部就设在哈尔滨。

抢修队就是护路军麾下的一支队伍，这里面，有部队的战士，更多的还是我们的铁路工人。这些铁路工人受过专业的训练，他们为了前方战争胜利，冒着危及生命的炮火，在盘旋的敌机下抢修铁路。3005 次军火列车从昂昂溪到锦州前线，这中间的铁路抢修工作全是由各个区间的抢修队负责的，他们的使命就是保证 3005 次军火列车前方的道路一马平川。

范永在阿尔乡站用电话汇报了列车遇险的情况，军部首长当时就派出了大批军队沿途保卫，因为没出现敌机袭扰，所以这些护路的战士没有现身。

白天的时候，敌机轰炸彰武站，柳河大桥也遭到了破坏，军部首长在第一时间通知抢修队，命令他们必须马上把桥修好，全力以赴确保3005次列车安全通过。

李仁魁接到命令，带着人就来了，抢修大队里分工可细了，有后勤队、线路队、桥梁队、民工队、军运队、电务通信号支队，这些人加起来足有六七百号！到这儿之后，兵不解甲，马上干活，现在是争分夺秒，跟太阳赛跑！

六七百号人分工明确、各司其职，他们把工具往岸边一放，“扑通”“扑通”就往水里跳！

这是什么月份，十月天哪！东北的十月，不能说凉，得说冷啦，尤其现在，快半夜了，那河里的水冷得扎骨头！可这些抢修工人，好像是怀里揣着“避寒珠”一样，钻进水里就开始干活。

他们抬钢轨、扛枕木、填弹坑，为了保证不被天上的敌机发现，全都采取了无灯火作业，准备着铺设路基线路。

虽然人手不缺，但是干着干着，发现料不够了。有几截铁轨被炸变了形，枕木也有很多被烧断了，根本用不了。

李仁魁数了数，“没关系，把第二梯队招来！”

穆成斌看了一眼范永：“第二梯队？”

等了一会儿，就看远处人影晃动，又来了三十多号人，这些人手里抬着四截铁轨和一根一根的枕木。

穆成斌奇怪：“老李，这第二梯队是怎么回事？”

“哈哈，你不知道，这是我们抢修大队的‘收料组’。”

“收料组？”

“是啊，我们这个收料组，专门到四处寻找材料，把当初国民党占领时修筑工事用的钢轨，一根根都从地里挖出来了，我们还上山砍树，做枕木，你看。”

穆成斌顺着李仁魁手指的方向一看，就看这些抢修工人在桥下“唰”地一下站成三排，把运来的这些枕木一层一层搭高，就像搭积木一样，搭到一定高度后，上面架设新换的铁轨，铺就了一座便桥。

这套程序，叫“搭枕木垛”！

穆成斌掏出怀表看了看，从抢修队员开始工作到便桥铺好，前前后后只用了三个小时的时间，真是一气呵成，驾轻就熟！

“老李，真是太感谢了！你这支铁路队伍真是精锐之师啊！”

李仁魁一听：“成斌同志，别客气啦，比起你们来，我们这都不算啥了！”

“老李，我们这就走了，等仗打完了，我一定请你喝酒！”

“没说的！”

就这样，列车再次连挂，由赵同济驾驶，由于这是临时搭建的便桥，不能像走好桥一样，“呼”地一下就过去了，那不行，得以最慢的速度，一点一点，颤颤巍巍，还得让它尽量稳稳当当的，就通过了柳河大桥。

再往前走不远就是彰武站，到这儿一看，彰武站已经被摧毁得只剩下了断壁残垣。不过，有四条被修好的铁道线已经可以重新使用了。

这是又一支抢修队的功劳！要知道，3005 次秘密军火列车从昂昂溪出发到西阜新这一路上，总是车没到之前，各个抢修队就已经到位，提前把路给修好。

敌机随时炸，抢修队随时修啊！这些抢修队员们经受了血与火的考验，他们不分昼夜地抢修线路、重建桥梁，真正做到了解放军打到哪里，铁路就修到那里，火车就开到那里。

在整个辽沈战役的军运过程中，抢修队屡建奇功，给护路军增光添彩。当时，在铁路工人中流传这样一首歌，是抢修队奋斗场面的真实写照：

穿过山洞，穿过铁桥，
不分黑夜和白天。
越铺越长，越铺越远，
千山万水莫阻拦。
枪炮人马，粮食被服，
海水一样送前线。
前方后方，连成一片，
绿灯时时保平安。
路程在我们前面缩短，
我们决不错过时间。
不管黑夜，不管早晨。
火车头吼叫着——

一直、一直、一直地冲向前！

列车 10 月 1 日凌晨四点零六分抢过彰武站，再过四十分钟，就能到达五峰站。赵同济看了看窗外，天已经蒙蒙亮了，按照穆成斌说的，列车要到五峰站待避。趁着敌机没来，得加快速度。

车轮飞转正往前走，猛然间，赵同济发现，不远处站着一个人，只见他身穿铁路工作服，脚下立着信号灯，右手拿着面小红旗，应该白天看旗，夜晚看灯，现在灯旗一块用！看列车来了，就见这个人把手中的红旗“唰拉”一下给展开了，迎着列车连晃了三晃！

赵同济明白了，这是紧急停车的信号，看来五峰站，有情况了！

第九回

彰武再遭劫雪上加霜
五峰鱼和水情深意重

3005 次秘密军火列车抢过彰武站，再往前走不远就是五峰站。现在人困马乏，肚内无食，所有人都盼着早点儿到。

可偏偏现实与理想总是背道而驰。

列车在离五峰站还有十几公里的位置，停下了。

五峰站站长张会春把信号旗揣进怀里，提着信号灯走过来了。

这时候，穆成斌、范永已经从宿营车上下来了，双方见面，相互介绍。

张站长擦了一把额头的汗水："各位，我是在昨天晚上接到的调度命令，说 3005 次列车要在我们五峰站待避，我那边已经都准备好了。可没想到，就在一个小时以前，突然响起了空袭警报，我怕你们到站以后就来不及躲了，所以提前跑到这儿等你们，赶快拿主意吧！"

张站长的一番话说完，穆成斌的心像压了块大石头。他知道，五峰站离锦州前线西阜新车站，也就是军火列车的终点站，只有一百多公里了。在最后这段路上，敌人一定不会放过我们，他们会穷凶极恶，丧心病狂。所以，越是这个时候，我们越要稳住心神，稳扎稳打，千万不要逞一时之能，而前功尽弃。

想到这儿，穆成斌握住了张站长的手："站长，谢谢你啊，我们马上拿出方案。"

说完话，他把所有党员和姚连长叫下车，开了个紧急的支部会议。

首先，穆成斌告诉大家："咱们一路走来，战胜了无数的困难。现在，距离前方已经越来越近，我们要提高警惕，绝对不能掉以轻心。针对目前的情况，列车肯定不能在车站待避，现在是凌晨四点半，我们必须要赶在天亮以前想出办法，保证列车的绝对安全！”

说完话，穆成斌不住地打量四周围的环境，他一看，这地方的隐蔽条件还不错，车站两侧有山有树。不过，他又看了看车顶，车顶上原有的树枝，已经在阿尔乡取掉了，现在车顶光秃秃的，什么也没有，想要伪装，就得钻树林砍树枝。穆成斌看了看眼前这十四名党员，包括自己和战士们，此刻都已经筋疲力尽了，能不能想个别的办法？眼珠一转：“站长，此地名叫五峰站，肯定有大山吧？”

张站长一听：“没错，辖区西部有座五头山，山上有五座高峰。”

“哦？五座高峰？有没有专用线？”

穆成斌说的专用线，是单修出来的岔线，专门为当地运送货物的路线，不是正线，它的长度一般不超过30公里。

张站长一听，“有啊，出了站往前走不远，就有一条砂石专用线，不过，在半山腰上。”

“半山腰上？那太好了！可以把车直接开上去。不过，这空袭警报太闹人了。”

说到这儿穆成斌看了看范永和姚连长。范永抬头看了看天，天快亮了。他仔细听了听，天上没有什么动静。

干脆，趁着现在天还没大亮，把车直接开上半山腰！

范永把自己的想法说出来，穆成斌一听，为今之计，也只有此法了。

“上车！”

所有人重回宿营车，张站长上机车引路。

列车快速地通过了五峰站，出站后进入砂石专用线。

没想到，机车头刚上专用道，走不动了。

怎么回事？

敢情这是个千分之七的上坡大弯道！本来就不好走，再加上深秋霜重，轨面打滑，车轮上去光打空转，不动地方。

这可怎么办呀？

范永走到近前看了看，有办法了！所有人都下车，和解放军战士一起，用铁锹往钢轨面上撒沙子，增加摩擦力，机车前车钩挂上大绳子，十几名解放军战士一起拉，配合机车拉了三次，才把列车给拉上去。

等上来之后，范永一看，这地势太好了，专用线一侧是山，另一侧部分地段有路堑，还有树林。“干脆这样，同志们，咱们再加把劲儿，把列车分解，就在树林里隐蔽。

大家勒一勒裤带，一会儿可有大饼子吃啊！”

大伙儿一听：“行啊，司机长，冲您这句话，我们豁出去了，干！”

撸胳膊挽袖子，乘务员和战士们一起动手，把列车一段一段地分解到 20 多处进行隐蔽。

机车开到较远的地方，这儿有一片空场，空场上有堆成山的秫秸。秫秸就是去了穗的高粱秆，哪根都两米多长。

用这个把机车给盖上，如果敌机来了，从上往下看，这就是个秫秸垛。

等把机车伪装好了，有人发现，这机车的烟囱还在冒烟，这要让敌机发现了，还不得扫射呀？琢磨半天，还是司炉李财急中生智，他爬上机车，把汽缸盖给卸下来了，直接扣烟囱上了。

说得简单，这个活是相当危险，稍不留神，就能把人给烫伤。李财是老司炉了，他个儿不高，身体灵活，只见他“噌”地一下蹿上机车顶，没用一会儿的工夫，就把活儿干完了，活儿干得相当漂亮。

这时候，又有问题来了，在检查机车时发现汽筒盘根漏汽，注水器也不好使了，司炉于金龙、副司机马青海急忙进行修理。

检车员王希春在检查车辆时，发现有几个轴箱温度相当高，他立即打开散热，跟着往里加添硬干油和肥皂。

王希春这活儿一会儿就干完了，于金龙和马清海的活可慢了，不是一会儿就能修完的。而且就在这过程中，几架敌机来了。大伙儿赶紧隐蔽，于金龙和马清海就钻进车里。等敌机走了，俩人再出来修。就这样修修停停，干了两个多小时。

把这些事全都处理完了，所有人隐蔽在列车周围树林中，观察情况保护列车。

这时候，范永就感觉有好多双眼睛盯着自己。他抬眼一看，不是好多双，是所有人，大伙儿都看着他，虽然一句话没说，但意思是一样的：大饼子呢？

范永心说，坏了，我这计要失败。

刚要和同志们解释，嗯？什么味儿？

一股饭食的香味飘过来啦，范永也纳闷，怎么回事？

这时，就看远处走来一个人，是位年迈苍苍、满头白发的老太太。老太太步履蹒跚，拄着拐棍，左胳膊挎着个小筐，筐上蒙着一块白棉布，这香味就是从这儿出来的。

范永赶紧走过去了，张嘴刚要问“您是谁”。

老太太自报家门，说她是五峰站站长张会春的老娘，就住在这半山腰的土房子里。老太太告诉范永：“刚才你们这里有个人说，一会儿有大饼子吃，哎，让我听见了。你们干活儿的时候，我在家就把饼给烙好了，我儿子也都跟我说了，你们都是铁路的，咱们是一家人，孩子们，别愣着了，赶紧吃吧！”

哎哟，老太太这番话让所有人都感动了，铁路工人了不起，这铁路家属更是了不起！

大伙儿知道，家家不富裕，老太太烙这点饼，不定得挨家挨户求了多少人，才凑出来这点粮食。有心不吃，可这肚子里实在是饿呀。

大伙儿都看穆成斌，那意思是：“吃不吃呀？”

穆成斌来到近前：“同志们，这是大娘的一片心意，吃吧。”

大伙儿走到近前谢过大娘，一人拿起一张饼，是狼吞虎咽。

范永也不例外，他嘴里吃着饼，看着眼前的大娘，想起了自己的母亲，赶紧解放东北吧，让老人家能过上好日子。

不到五分钟，都吃完了。穆成斌从兜里掏出了仅有的两毛钱，悄悄地塞进了大娘的筐里，把白棉布给盖好。

“大娘，我送您回去吧，这儿太危险了。”

老太太一听，笑了：“危险？国民党的飞机见天从这儿过，也没把我怎么样！行了，我走了。”

说完话，老太太拄着拐棍回家了。

同志们填饱了肚子，由于连着几天作战，现在都有点困了，想睡，可又不敢睡，趴在这树林里，上眼皮直找下眼皮，刚要眯瞪，远处里一声呼啸，敌机来了，大伙儿一下就精神了。

就看这架敌机在上空盘旋，转了三个大圈，一边转一边看，下边这都是什么呀？柴草堆、秫秸垛，走了。没过多久，天空又出现飞机，先是两架小的，紧接着又来四架大的，这回没画圈儿，直接经过五峰上空，看方向是奔彰武去了。

等了一会儿，这几架飞机又从彰武方向飞回了五峰。

这个去那个来，像走马灯一样，转了一圈又一圈。同志们趴在地上，眼望着敌机从头顶上掠过，头发根子发炸，心都提到嗓子眼儿了。

佟德林用胳膊肘顶了一下姬亚卿："哎，你说飞机这是干啥呢？干飞不落，是不是搬家呢？"

姬亚卿一听，"你可拉倒吧，哪有用飞机搬家的呀？"

两个人的话还没说完呢，就听"轰隆"一声巨响，大家顺声音一看，是彰武方向，明白了，彰武车站又遭到轰炸了。

果然如此。敌人连着几天没有找到这列军火列车，大为恼火，他们打定了主意，非找到不可！这些敌机也很固执，他们就认为军火列车会在彰武、通辽这样的大站里面藏着，所以轮番轰炸，昨天已经炸过一回了，不行，今天还得炸！

就这样，飞机在头顶上转一圈就到彰武扔一个炸弹，连续数次。满天是敌机的嘶叫声，炸弹巨大的爆炸声，大家感到压力越来越大。

这一天中敌机空袭共扔下二十多颗炸弹，彰武被炸成一片火海，包括昨天晚上刚刚修好的柳河大桥，也再次被炸毁。

直到天黑后，敌机才一架接一架地飞走。

大家伙儿这才长出了一口气。

行啦，敌机走了，天也黑了，咱们可以继续前行了。大家知道，五峰至西阜新只有百十公里，如果顺利的话，一宿就能到达，赶快走吧！

穆成斌一看："大家先别激动，咱们还是稳扎稳打。立刻连接列车！"

众人答应一声，这就准备行动。

范永走过来了："同志们，咱们暂时还不能走。"

"啊？怎么回事？"

"跟我来。"

范永带着大家来到机车前，用手一指水箱："你们看！"

众人定睛一看，全傻了，这水箱里只剩一尺半深的水了。

"嗨！"有人一看，这算什么，去五峰站加水不就行了。

范永听了摇头："来的时候我已经观察了，五峰站没有上水设备。"

"啊？那怎么办？去下一站上水？"

"下一站是新立屯，还得走四十公里。这点儿水肯定支撑不到。”

这话一说，大家伙刚刚平静的心又重新紧张起来。

穆成斌一摆手，“为今之计，只能向老百姓借桶打水了。”

刚说完，张站长跑来了：“同志们，白天时候有两架敌机对五峰车站进行轰炸扫射，车站被炸坏了一股道。幸亏你们的列车没在站内。现在天黑了，空袭警报也解除了，你们快走吧。”

穆成斌用手一指水箱。

张站长一看：“呦，没水啦？这样吧，我把站里的人都叫出来，咱们跟老百姓借桶，这附近有三口井，怎么也能把水加满！”

“好！”

说干就干！

段贵荣有伤，让他看守机车，其他十五名乘务员和战士们，加上五峰站的值班员，一起动手，开始向老乡家借桶。

借来借去借到一户人家，开门的是位老太太，大伙一看，呦，正是张站长的老娘。

老太太一看，“借水桶可以，这是你们谁的？”

两毛钱！

大伙儿都知道是穆成斌的，谁也不敢说。

这时候穆成斌走过来了，跟老太太说："大娘，您就收下吧。"

老太太一听急了："这钱说什么也不能要。"

就这么推来推去，最后穆成斌说了："大娘，您可别让我们犯错误，这是纪律。"

这话一说，老太太没主意了，自己儿子也是铁路工人，纪律二字的重要性，老太太懂啊，这才勉强收下。

就这样，大家从各家各户借来七八十个水桶。老百姓听说是去给自己人的火车加水，全都帮着干活。

寂静的小山村一下就热闹起来了，男的、女的、老的、少的，连四五岁的娃娃都来了，大桶用肩挑，小桶用手提，那四五岁的娃娃用家里的脸盆端，井台边你来我往，辘轳把摇得跟风车一样，那水是一桶一桶往外挑，挑了一个多小时，愣是把附近的三口水井都挑干了！这才勉强把水箱里的水增加到三十吨。

范永一看，这也不够啊，可实在没办法了，尽量维持吧，等到了新立屯站再加满吧。

十八点五十分，机车整备完毕。乡亲们站在铁道两旁摆手相送，铁路工人和战士们自动站成一排，含着眼泪向五峰县的老百姓深鞠一躬，辞别了站长和张大娘，由一组值乘，范永起车，开出了砂石专用线。

临上车之前，范永就提醒马清海和周宪斌了："二位，四十公里的路，三十吨的水，咱可得省着用啊，千万别走到半道上没水了，那可就完了。

二位一听："司机长你就放心吧，三十吨水不单够，还得给你剩出点来。"

二位这话说得可不大，他们真是精打细算。马清海提着瓦斯灯盯着注水器看，不浪费一滴水。周宪斌在煤水车里，用手扒拉煤，找那成块的好煤烧。范永是一遇下坡就关汽门，能省一点儿是一点儿。

经过大家共同努力，夜半时分，也就是 10 月 1 日夜里十二点，列车到达新立屯站，水箱里真剩下薄薄一层水，也快干了。

列车一进站，范永发现，这个车站里是漆黑一片，连信号灯也不亮了。值班员呢?

把车停好，范永打机车里出来，这时候就听站台上有微弱的声音："这儿有人。"

哎哟，范永赶紧跑过去，一看，地上躺着个人，从衣着上可以看出，是值班员。

"同志，我是3005次列车的司机长。"

再看这值班员，点了点头："司机长，新立屯站刚刚遭到了轰炸，站长和其他值班员都被炸伤，动不了了，我爬到这儿就是为了等你们，这是路牌，你们快走。"

范永颤抖着接过了路牌，把自己手里的路牌递过去，值班员接过来，头一歪，晕过去了。

范永急忙让宿营车上的人下来抢救，他自己拿下瓦斯灯，用手挡着光亮，往这站里一照，就看满地的碎片，有几股道上的车辆被炸得横躺竖卧，真是惨不忍睹。

这个时候也顾不了那么多了，范永来到上水位置一摸，万幸，水鹤还在。

水鹤是专门给机车上水的设备，这个东西上部伸出横向的输水管能左右旋转，管子的前端，可以弯下来，那个形状，就像仙鹤的头部。

有水鹤在，就说明有水，范永和马清海，两个人在黑暗中，冒着生命危险给机车上满了水。

这个时候，晕倒的值班员醒过来了，他告诉范永，“你们赶快离开吧。”

“同志，保重！”

列车重新启动，开出了新立屯。

列车风驰电掣，裹挟在暮色之中，那巨大的轰鸣声，好像是在高傲地宣称：在中国人民面前，在共产党员面前，没有战胜不了的敌人，没有克服不了的困难！

第十回

敌机逞凶顽重创而逃
军列奏凯歌建立奇功

3005 次军火列车，即将到达前线！

兵马未动，粮草先行。弹药对于战争的重要意义，那是不言而喻。而弹药的补给运输则是战争胜利与否的关键所在。

列车在漆黑的旷野里迎风飞驰，炉门一合一开，炉内火焰升腾，所有的乘务人员既兴奋又激动，饿呀、困呀、累呀，全部一扫而光，因为大家知道，离终点站只剩下六十多公里，胜利就在眼前了！

范永坐在司机台前，他手握闸把，注视前方，强烈地压制着自己内心的情绪。

宿营车上也一样，穆成斌不断地给大家做工作，跟大伙说，千万不要放松懈怠。

这个工作可不白做，车过昌图，枪炮声就响起来了。

军火列车连着闯出几道关卡，国民党军大为恼火，他们再次出动兵力，非要把这列火车挡住不可。而且出击的兵力里不单是飞机，坦克、步兵全出来了。此刻，那铁道两旁已经埋伏下了机枪班，冷森森的枪口早已瞄准了即将到来的军火列车！

这回，天上的鹰，地上的虎，要联起手来对付这条龙！

范永的汗可下来了，前方的机枪已经开火了，他们鸣枪示警，示意火车赶紧停下，如果不停，看那意思，就把火车打成筛子眼！这怎么躲呀？车厢里都是军火，一旦被子弹引爆，后果不堪设想！是加速还是停车？

就在这时候，敌军背后有了响动了，“轰隆隆”！

炮声震天，紧跟着，一阵冲锋号的“滴滴滴哒哒哒”“杀呀——”

可把国民党军机枪班吓坏了，他们万万想不到后面会有人。

螳螂捕蝉，黄雀在后！

自从郑家屯黄铎局长下令以后，沿途上就一直有解放军在暗中保护，为了不引起敌机注意，他们也是无灯火作业。

当发现敌人有机枪班的时候，解放军战士兵分两路，就把车开过来了，双方是一场大战。

借着一慌一乱之际，列车冲出了昌图。

甩掉了机枪班，天上这架敌机可甩不掉了。

书中暗表，现在天上执行任务的，正是那天晚上在郑家屯外和军火列车一场大战的轰炸机。

可逮着了！

飞行员脑门上的青筋“呗儿呗儿”直蹦，气的！好啊，你这条狡猾的长虫，居然蹿到这儿了！这一路上我都没发现你，你算多活了两天，今天让我遇见了，非炸了你不可！

“噔”地一下，扔出一枚照明弹，瞬时间把夜空照得如同白昼一般。

飞机是真急了，它也不考虑节省炮弹了，扔吧，“咣、咣、咣”！

随着炸弹落地，铁道两旁烟尘四起，火光冲天。

守车被炸开好几个大窟窿，运转车长邹天余受伤了。

范永把心一横，他翻眼皮看了看半空，好啊，去而复返，你是自寻死路！

敢情范永早就想好了破敌之计，也征得过穆成斌和姚连长的同意，他这车猛地往前加速，突然间，一把死闸扳下去，按理应该是关闭汽门。范永没有，他告诉周宪斌：“多加煤！”

周宪斌连着往锅炉里扔了五锹煤，范永这边把汽门大开，告诉马清海，小开送风器。

由于煤太多，无法充分燃烧，来不及受热分解，可就产生炭了，送风器再这么一吹，这烟筒里可就冒了黑烟了！

一个照明弹顶多持续三十多秒，随着光亮减弱，一股黑烟腾空而起，飞行员当时就傻了。

“哎？这是怎么回事？怎么什么都看不见了？”

再扔一颗照明弹，还是看不见！

等了半天，黑烟散去，飞行员往下一看，火车早没影了。

把这飞行员给气的，他加大了油门，一路穷追。

追出一段距离，飞行员发现，列车正在前方，它一个俯冲就下来了。

听见声响，范永探身回头一看，“又来啦，加煤！”

只要敌机来了，机车就冒黑烟，然后往前跑一段路，再冒一股黑烟。飞机看不到列车，光在黑烟顶上转悠，借这个机会，列车能多跑一段路。就这样，时快时慢，时开时停，与敌机巧妙周旋。

秃鹰在天上飞，前翻后滚左右盘旋；长龙在地上跑，前进、停止、再前进！

大战了几个回合，军火列车是越战越勇。范永抬头往前一看，前方五百米处有两座大山，山峰高耸，直插云端，太好了！他一个紧急制动下了死闸，“腾”，范永打车里跳出来了！

把马清海和周宪斌吓坏了：“你去哪儿？”

没工夫回答了，范永快速来到机车尾部，一抬手“咔”地一下，把风管给掐开了，跟着“哗啦”一声把车钩给摘下来了。

这是铁路调车的流程，一关前，二关后，三摘风管，四提钩。钩往起一提，前边的机车和后边的车厢可就分开了。

范永二次上车，看了一眼马清海和周宪斌：“等着瞧好戏吧！”

他加大汽门，机车轻装上阵，一下就扎进两座大山的中间了！

后面车厢停住了，宿营车里乱了，车怎么停了？

运转车长邹天余从守车里探出头来一看，呦，机车怎么没了？

这时候，范永已经把机车停到了山间，他“啪”地一下，把灯给打着了！前照灯“唰——”，射出去的光足有二三百米远！

马清海和周宪斌一看急了：“哎呀，司机长，您怎么开灯呀？这不是暴露目标了吗？”

范永微微一笑：“我正是要暴露给它看！”

“啊？”两个人全糊涂了，这到底是要干什么呀？

这时候，穷追不舍、倒霉催的那架敌机追上来了，一眼就发现了，前方一道光亮，“好啊，我看你往哪儿跑！”

“呜——”又是一个俯冲！

你倒仔细看看哪，三十多节车厢就在脚下。也难怪，天黑根本看不见，光注意亮光的位置了，也就没发现这是两山夹一沟！

飞行员急功近利，他顾不得了，朝着有光的地方就冲下来了，万没想到，一股黑烟再次升起，“呼”地一下罩住了驾驶舱的玻璃，飞机一时找不准方向，就听“咔嚓”一声响，左机翼扫上了山石，虽没有折断，但飞行员已是一身冷汗。

范永用蔑视的目光看了一眼受伤的敌机，紧跟着，启动机车，驶出大山，钻进了隧道。

敌机开始疯狂轰炸，不是看不见吗？看不见也炸！瞎炸！那一颗颗昂贵的炮弹全扔山道上了，车厢远在山外是安然无恙。等黑烟散尽，飞行员往下一看，下面已经是一片火海了，行了，我也回去吧，这里太危险了。调转机头，油门加大，肩膀一高一低地飞走了，干吗这样啊？左机翼受伤了。

一直等飞机飞远了，范永才把机车倒出隧道，过大山重新连挂车厢，向穆成斌汇报了刚才的情况之后，列车再次前行。

再往前走就平安无事了吗？当然不是。

列车往前又行进了一个多小时，突然，远处路边亮起了车灯，还有一盏铁路信号灯。

范永知道，这是我们的人，急忙制动停车。

下来走到近前，就看路边停着一辆军用吉普车。车前站着三名解放军战士，簇拥着一位首长。

穆成斌、姚连长走过来亮明了自己的身份。一名战士介绍："这是东北野战军的崔师长。"

敢情这位崔师长是来阻拦军火列车前行的。他告诉穆成斌："列车前方要经过的铁路大桥桥墩被炸，部队正在抢修，你们必须马上往回开，开进泡子站隐蔽待命。"

穆成斌当即受命，下令军火列车往回开，穿昌图，过新立屯，来到泡子站。

泡子车站距新立屯二十六公里，这里已经炸成一片废墟了。车站附近就是树林。大家把列车分散隐蔽，一部分车厢隐蔽在树丛之间，一部分隐蔽到车站里那些被炸坏的车辆中间，机车开到站外一公里的树林边。

这时候，是 10 月 2 日凌晨三点。

原以为得再等一天，没想到，不到半个小时，崔师长带来了新消息：桥已经修好！

嘿！穆成斌一听，"真是兵贵神速啊！咱们立刻出发。"

"慢着。"

崔师长一摆手："成斌同志，车过了大桥，离前线就已经很近了，非常危险。我们有汽车兵沿途保护，请你们务必提高警惕，一不能拉汽笛，二不能冒大烟，三不能有大的响动，要绝对保证军列的安全。”

“是！”

穆成斌答应一声，带领乘务人员重新连挂车厢，列车再次启动。

车到桥前，停住了，范永一看，这里已经被解放军和抢修队修好了。

虽说修好了，范永还是不放心，他下了车，来到桥上观察了一趟，又向守桥的战士询问了有关情况，在确认安全后，范永把机车里的炉火压住，关闭了灯光，借桥下大河流水之声做掩护，小心翼翼地把列车开过了这座被敌机日夜封锁的大桥。

过桥后，那可就真正到了敌我炮火的交织区了，这地方没有侦查和偷袭，全是明着面地打！

敌人已经得到消息了，一列火车神不知鬼不觉地离前线越来越近，那歪膀子飞机什么也没炸着，纯属窝囊叼着块肺！当务之急是千万不能让火车开到解放军辖区，这是委员长临行前下的死命令！

蒋介石不是亲自到沈阳坐镇指挥吗？怎么走了？

他没法不走。

要知道，到了 1948 年 9 月，东北的局势对蒋介石的处境大为不利，当初卫立煌采取的是固守战略，让东北战场上的国民党军守好锦州、沈阳、长春三座大城市。不要主动出击，以免中了埋伏。可是蒋介石不听，非要主动出击，打开沈阳到锦州的道路，保他的五十万大军。

这一出兵，可就给了东北野战军机会了，野战军要拿下锦州，切断东北战场上国民党军的南撤之路，这就叫攻锦打援，关门打狗！

蒋介石战略失败，他要以死相拼，恰在此时，有消息传来，蒋经国上海“打虎”，触动了四大家族的利益，这不能不管呀！蒋介石急匆匆把军情料理一番，给几位重要将领下令，告诉他们，一定要扼守住解放军的后方补给线，如有闪失，你们提头来见！

说完话给每个人发了一把小宝剑，那叫“忠正魂”，上边刻了六个字：不成功则成仁。这是留给他们抹脖子用的。

都料理完了，蒋介石坐飞机走了。

他走了，这边可乱了，那些国民党军将领都红了眼了，一道道将令发下来，下令前方必须把列车截住！敌机像苍蝇一样疯狂地投弹扫射，炸弹在铁道两侧爆炸，子弹紧跟着车尾后的线路，击起一溜火花。

范永握紧了闸把，大开汽门，沉着冷静地驾驶着机车。

这时，不远的公路上开来了大批的汽车队，这些汽车队全都拉着空箱子，和军火列车并行前往，他们一路狂飙，开大灯、鸣喇叭，生怕敌机看不到。

多不容易呀！今天我们重新回忆这段历史的时候，真的要致敬我们的这些先辈，是他们用热血和生命换来了和平。

就这样，汽车火车密切配合，趁敌机方寸大乱之时，列车已经开进了西阜新车站！

按原计划这里就是终点了，可没想到，列车刚刚停稳，站长来了。手里拿着一张纸条，他告诉穆成斌，前方军首长刚刚下达了命令，命令列车继续前行三十五公里，将弹药送到阜新清河门站。

就这样，在站长的引导下，经过了四十分钟，于 10 月 22 日凌晨四点四十六分，1195 号机车牵引 3005 次秘密军火列车成功抵达清河门站。

范永的心像打开了两扇窗户一样。他抬起左手，拽动拉阀，“呜——”一声汽笛长鸣！

这一声长鸣，好像半悬空打了个春雷，它盖过了敌人的机枪火炮！3005次列车的全体乘务人员冒着枪林弹雨，经过四昼夜的奋战，终于完成了运送秘密军火的任务，将1700吨弹药军火送到了前线！

隐蔽在车站附近的2万多名解放军战士，一看火车来了，“哇——”，像山呼海啸一样就冲过来了，汽车、大车一齐拥上站台，不到半个小时，1700吨弹药被全部卸完，运往各部。

范永代表全体乘务人员郑重地接过军首长打来的军火收条。

当晚，全体乘务员立即折返，又过了四天，于10月6日早上七点，列车安全返回昂昂溪车站。

车站前已经站满了人！当那些家属们看见了自己的亲人平安回来，全都哭了，这叫喜极而泣。

众人下车来到站台上，以穆成斌、范永为首，赵同济、徐成忠、马清海、段贵荣、于金龙、李财、王玉阁、周宪斌、姬亚卿、王希春、佟德林、张尚友、邹天余、刘国栋，十六名铁路英雄站成了一排，军代表洛刚、机务段段长野绍富向每位同志表示祝贺，还把一朵大红花戴在了 1195 号机车的车头上！

洛刚还带来了一个好消息：经请示，上级党委已经批准周宪斌同志加入中国共产党。”

嗬！这句话一说，当时的叫好声、鼓掌声不绝于耳，大伙儿全都向周宪斌表示祝贺。

这时候，范永一眼就看见了人群里自己的老娘，过去就把老太太给抱住了。各家各户都一样，拉住亲人的手，是说不完的话。

洛刚代表昂昂溪机务段向姚连长及护路的战士们表示感谢，这些战士也于当天下午回转了哈尔滨。

有了这车 1700 吨的弹药，东北野战军于 10 月 14 日以六个纵队十六个师计共计二十五万人向锦州发起了猛攻！近千门大炮对准城墙和主要工事，同时喷射出了怒火，那炮弹不能论个儿了，得论波，一波紧似一波，一波快似一波，跟刮风一样，呼呼地往城里飞！硝烟四起，瓦砾崩翻，枪声大作，弹壳横飞，爆破筒、炸药包在敌人腹内开花！

一场大战下来，全歼守军十万余众，10 月 15 日，锦州解放了！

那位东北“剿总”副总司令兼守卫锦州的国民党最高长官范汉杰，直到被解放军俘虏了他也没闹明白：靠“小米加步枪”起家的共产党军队，怎么一夜间会多出了那么多的炮弹？

锦州的解放，为辽沈战役取得全面胜利奠定了坚实的基础！

为了表彰 3005 次列车乘务组全体成员为东北解放战争做出的重大贡献，11 月 9 日，齐齐哈尔铁路局授予 3005 次机车组集体特等功。中国人民解放军第四野战军赠给全体乘务人员一面锦旗，上书“三〇〇五次英雄列车”！

再后来，范永代表 3005 次列车乘务组出席了全国战斗英雄和劳动模范代表会议。在这次群英大会上，他见到了伟大领袖毛主席。毛主席听范永讲述了秘密军火列车的传奇经历之后，握住范永的手发出了一句赞语：“向铁路工人致敬！”

这正是：辽沈战场炮声隆，

重兵围困锦州城。

神龙摆尾敌难策，

三〇〇五立奇功！